満月の暗闇

谷 玲子

東京図書出版

満月の暗闇

母の腕に抱かれて眠る、静かな夜に
母の姿がだんだんと薄れていく
幼子は手を伸ばして母を求めても
満月に吸い込まれるように消えていく
もう一度母に抱かれたいと
幼子は両手をいっぱいに伸ばして母を捜す

「怖い」と言う声に何時も夢から覚める。
子供の頃、佳美《よしみ》は同じ夢を何度も見た。

「小室さん、おめでとうございます、妊娠四カ月ですね」

と医師はにっこり笑った。佳美は意識が薄れるような気がして何も言えなかった。

「大丈夫ですか」

と言われ、やっとの思いで、

「有り難うございました」

とお辞儀をして椅子から立ち上がった。

「気を付けて下さいね、受付で次回の予約をしていってください」

医師はカルテを片手に言った。出口でもう一度医師にお辞儀をして診察室を出た。

受付の事務員に次の受診の予約をして、

「有り難うございました」

と挨拶した。

「お大事にどうぞ」

の事務的な声を後に産婦人科を出た。

さっきの医師の声が木霊のように佳美の頭を駆け巡っていて、町の空気が重くのし掛かってくるようで、息苦しい思いがした。

何処を歩いているのか分からぬまま、何時の間にか多摩川の近くに来ていた。

佳美は土手に上り、晩秋の陽が、川面にキラキラと光るのを見ていた。大きく息を吸ってそのまま雑草の上に腰を下ろした。

対岸のビルに夕陽が赤く染まって、久し振りに川を渡る空気を吸ったように思われた。

近くの鉄橋を渡る電車の音も別世界のように耳を掠《かす》めていく。


佳美は三歳の時、両親を車の事故で亡くし、一人母方の祖母大橋フエに引き取られた。だが安住の地のはずの祖母は、佳美が小学校二年の時に亡くなってしまった。母の兄である伯父大橋博次一家に引き取られたが、高校二年の時この伯父も亡くした。

何が自分の人生を操っているのか分からないままに子供時代を転々と生きなければならなかった。母の顔も父の顔も数枚の写真でしか知らず、唯一祖母の優しさを母とすり替えて甘えていた幼かった頃を想い出して、誰も支えてくれる人が居ない今、この先何を支えに生きてゆけば良いのかを考えると、涙が込み上げてくる。これが青春といえるのだろうか、淋しさが体に溢れてきた時、自分の両手で自分を抱き締めてうずくまることしか出来なかった。宿命という舵の無い舟に乗せられて、抗う事すら出来ず、ただ淋しさを紛らわすだけで好きでもない男の子を宿して、初めて妊娠という現実を突き付けられた。佳美は自分を守ることに懸命で、人を愛するという心が育っていないことに気が付いた。肉体の快楽だけを求めていた自分の中に、一つの命が育ち始めていることを、どう受け止めたら良いのか。

野辺との関係はもう三年になろうとしていた。妻子持ちで、子供は四人居ると人に聞いていた。影の薄い男だったが、会社の忘年会で、たまたま一緒の道を歩いて帰る時に、野辺から、

「お茶でも飲んでいかない」

と誘われ、アパートに帰っても誰が居るわけでもなし、何の用事があるわけでもないので、寂しさを紛らわすために付いて行った。

道から横丁を曲がり、人通りの無い道を行くと、生け垣が玄関を隠すような連れ込み宿が有った。佳美はちょっと躊躇《ためら》って足を止めた。

「いいんだろう」と野辺が振り向いて、オーバーの襟を立てるようにして中に入って行った。佳美もまるで誘い込まれるように玄関に入った。

薄暗い部屋には布団が一組敷いてあり、野辺はカバンを置いてオーバーを脱ぎ右手の風呂場のような所の戸を開けて中に消えた。

佳美は胸の高まりを抑えながらオーバーを脱いだ。直ぐに野辺が浴衣に着替えて出て来て、佳美にもシャワーを浴びるように促した。

シャワーを浴びて浴衣に着替えて出て来ると、野辺は布団の片方を上げて待っていた。

佳美は男性と床を一緒にするのは初めてだったが、せき立てられるように床に入った。

野辺が浴衣の襟に手を掛けたのを、思わず押さえた。

「いいんだろう」

と語尾を荒らげて玄関で言った同じ言葉を吐いた。

何時もは影の薄い顔がまるで別人のようにギラギラとした顔になって、佳美の伊達巻きを乱暴に解きながら、むっちりとした乳房を強く揉みながらうなじを強く吸った。

佳美は硬くなった体をただ野辺にされるままにすることしか出来なかったが、急に体が熱くなり心とは裏腹に乳房が盛り上がるようで息を荒げて体を仰け反らせながら野辺を受け入れた。

鼓動が高鳴り、突然全身に旋律が流れ、佳美は気を失うような官能に体をくねらせ野辺の腰にしがみ付いた。どのくらい時が流れたのか、野辺が体を離した。起き上がる事が出来なくて目を閉じて横たわっている佳美のうなじに軽く口付けをして、

「木曜日に此の宿に電話してくれ、じゃ、またな」

と言って、いつの間にか背広に着替えていた野辺は、枕元に宿賃の半分のお金を置いて急いで部屋を出て行った。

それから度々宿で会い、互いに会話も少なく、ただ体の疼《うず》きを抑えることが出来ず肉体の快楽だけに溺れる時を過ごした。

野辺は何時も妻に知れるのを恐れてか、営みが終わると宿賃の半分を布団の傍らに置いて足早に帰って行った。

小さな会社なので、二人の関係が知れるのが面倒で佳美も時間をずらして宿を出ていた。どんなに激しく狂うほど体が官能の坩堝にはまっても、野辺には愛情を抱けないまま、三年近い歳月が経っていた。

妊娠しないように充分気を付けていたのに、医師の言葉を聞いて、油断していたのかもしれないと悔やまれてならなかった。

頼る人の居ない自分には、この不始末を誰にも相談する事も出来ず、堕《お》ろそうか、どのようにしたらよいのか一人悩み続けながら川の流れを見ながら漠然と時を過ごしていた。

「こっちだぞ、こっちだ」と子供達が駆けて行く大きな声に、我に返って土手の草むらから立ち上がった。もう辺りは暮れかかっていた。

暗い玄関の電気の明かりで自分の部屋の鍵を開けて、何の飾り気も無い狭い部屋に帰ってからも食事を取る気力も無く、カーテンの隙間からぼんやりと夜空を見ていた。

佳美は今までに幸せな家庭を見たことが無いので、結婚をする気持ちがまったく無く、一生独身を通すつもりでいたし、ましてや子供など考えたことも無かったが、自分の体に新しい命が宿ったのを知った今、どうしてもこの命を絶つ気持ちにはなれなかった。しかし此の地で父親の無い子供を育てる事は周りの目もあり、また経済的にも無理ということは分かっている。思い切って子供を堕ろした方が生活は楽なことも分かっているが、この四カ月自分の血肉を分けて育っている子供を無碍《むげ》に殺すことは身を切られるほど辛いと涙がこぼれるほど心が乱れた。

妊娠していることが分かって産むことにするなら、このまま会社に勤めている事は出来ない、五カ月、六カ月ともなれば人目にも分かるし、野辺には絶対に知られたくなかった。

小さな会社でも、もう七年以上も働いてきて、日曜日には横浜のレストランのウェイトレスをしたりして忙しくしていることで、身寄りの無い淋しさや不安から逃《のが》れることも出来たし、生活費も切り詰めて暮らしてきたので、子供を産んで一年くらいは働かなくても生活をしていける蓄えはあった。だが川崎の地で生まれ育った佳美には、どこの地に移り住んだら良いかすら見当がつかなかったが、ふと、亡くなった母の兄である大橋の伯父が言っていたことを思い出した。

小学校の六年生になった時、伯父に両親のお墓参りをしたいと言うと、伯父は、小室の先祖の墓は新潟に有るので、小室の親戚と一緒に車で佳美の両親の葬儀の後納骨に行ったことがあるが、新潟の何処だったか分からないと口ごもりながら言った。その時は伯父は佳美の父親京司の兄は横浜で大きな料亭を経営していて、京司も一緒に働いており、そこで母の綾を見初めたが、家柄が違いすぎると父親や兄に強く反対されながらも、京司が強く結婚を望み続けたので、兄が折れて二人は結婚をして、横浜の山手に家を建ててもらって住んでいたと言っていた。伯父も家柄が違うということで、少し軽んじられていたので、何事につけても口出しが出来ずにいたと言い訳めいた事を言っていた。

両親の墓が新潟のどこに有るか分からないが佳美は両親の眠る新潟に行きたいと思った。初めて子供を産む心細さも有り、誰も頼る人も居ないのだから、両親が眠る近くに行けば守ってくれるのではないかとすがる思いも有った。

小室の家とはもう縁が切れたようになっているのも、多分伯父の言っていた家柄の違いのことが理由だろうから、今更訪ねて行ってお寺の名前を聞くのも憚ると諦めた。

晩秋の朝はまだ暗かった。疲れた体をやっと起こして牛乳と食パンの朝食を食べた。昨夜のうちに会社に退職届を出すことにしたので、何の迷いもなく退職届を書いた。

退職理由は、小田原で飲食店をしている叔母が急に乳癌の手術をすることになったので三人の子供の世話とお店の手伝いを多分半年くらいはしなくてはならないという事に決め、[一身上の都合により、退社を致したくお願い申し上げます]と書いた。

実際母のただ一人の妹の香織は、佳美が母の実家である日吉の祖母の元に引き取られた時に、まるで佳美と入れ替わるように実家を出て、寮の有る藤沢の会社に移った。三十半ばに結婚して、今は小田原で飲食店をしている夫の手伝いをしながら三人の子育てに追われて忙しい日々を送っていた。

大橋の伯父の葬儀で日吉のお寺で会って以来、もう何年も会う事も無かったし、一緒に暮らしたことも無かったので懐かしく思うこともないし、叔母から母の事を聞いたことも無かった。


何時もなら早めに出社するが、早く行っても間が持たないような気がしたし、今朝は社長に一番に会わなければならないので、始業時間ギリギリに会社に着いた。

事務服に着替える前にカバンから［退職届］を出して、社長室のドアをノックした。

社長室といっても事務員が十名足らずの会社なので、会議のためのテーブルと椅子が六脚程有り、来客用のテーブルセットと角に社長の小さなデスクが置かれている程の小さな部屋だったが、東に面している窓から朝日がブラインドを透かして差し込んでいた。

佳美は社長の怪訝そうな顔を見ながら、

「お早うございます」

と挨拶をして、デスクの上に退職届を置いた。一代で会社を作った職人上がりのように、がっしりとした体格の良い社長が驚いた顔で理由を聞いた。佳美は丁寧に頭を下げて、昨夜考えていた理由を述べた。

「本当に長い間お世話になりながら急な事で誠に申し訳ないのですが、小田原の叔母も手術の後も暫く入院や通院をしなければなりませんし、子供達もまだ小さいので半年くらいは手伝ってあげなければならないと思います。社長には、寮にも入れて頂き長い間お世話になっておきながら急な事で本当に申し訳なく思っております」

と細々とした声で話をした。退職届を受理してもらい社長室を出た。今日片付けなければならない書類や、机の中の私物を袋に入れたりしていると普段あまり話をしない人達も「辞めるの」等と声を掛けてきた。

お昼過ぎに社長が事務室に来て、

「小室君は事情が有り今日で退社することになりました」

と、社員に話し、日割の給料を手渡してくれた。

殆どが男性なので、佳美を見ただけで反応が無かったが、昨年入社して佳美の仕事を一緒にしていた隣の机の幸田明子が話し掛けてきた。

「急なのね、色々教えてくれて有り難うございました。淋しくなるわ」と言ってくれたのが妙に嬉しかった。明子に引き継ぎをすることを終えて、退社時に佳美は事務所の方々に、

「長い間お世話になりまして本当に有り難うございました」と礼を述べ、改めて社長室に行き挨拶をした。

野辺以外特に懇意にしていた人も居なかったので案外あっさりと会社を出る事が出来た。

七年程勤めた会社なのに、これからの事を考えると何の感慨もわかなかった。

佳美は早くも暮れかかった道を駅まで急いで歩いた。野辺は自分を追い駆けて来るほどの愛情を持ってないことは充分判っているが目の前に現れるのが煩わしかった。

アパートは会社から二駅ほど電車に乗った所だった。以前は会社の裏に有った元社長の自宅を寮にしてあって佳美より五歳上の女性と二人で住んでいたが、四年前に寮を取り壊すと言われ今のアパートに移った。道を歩きながら様々な事を思い出していた。

漠然と新潟に行くことを考えていたが、何れにしてもこの地を離れるには色々としておかなくてはならない事が有った。

毎週日曜、休日に働いていたレストランもほぼ四年近くになる。会社の休みになる、年末年始と毎週日曜日を欠勤なしで働いていたので、急いで辞めることを知らせておかなければならないと思ったが、此処は時間給で銀行振込なので、忙しい時間にレストランまで行っても却って迷惑なのではないかと思って、銭湯に行くついでに公衆電話から辞める旨を伝えることにした。

銭湯から帰って、取り敢えず新潟に行ってみなければ、先の事が決められないと思っていたが、そういえば、入社一年目頃の連休に、高校で唯一仲良くしていた浜田幸子の父親が新潟の弥彦神社の近くの出身なので一緒に行かないかと誘われて、新潟から弥彦神社、良寛の地出雲崎等の旅をしたことがある。

両親の眠る地だという思いと、佐渡島が見える静かな土地が気に入っていたことを思い出した。

誰も知らない土地でも両親の力を借りて、子供を産み育てられるような気がしてきた。お腹の子供も日に日に大きくなってくるだろうし、何もかも初めての事だから躊躇している余裕は無いと佳美は夕食を食べながら、さすがに今日は心身共に忙しい時を過ごして来たので、体の事を考えて明日は片付け事等して、明後日新潟に行ってみることにした。妊娠している体には大分疲れを感じていたのか、床につくと直ぐに深い眠りについた。

昨日旅行のための仕度をしてあったので朝はゆっくり起きて、古いボストンバッグを持って、アパートの入り口に住んでいる大家さんに、二、三日留守にすると話をして、上野駅へと向かった。

新潟行き特急［とき］の指定席の切符を買い急いでホームに向かった。

学友の幸子と二人で旅行に行ってから何年ぶりかの列車に乗り、今はただの旅人ではなく、これからの自分とまだ見ぬ我が子の運命を決める列車に揺られながら都会を後にした。

新潟駅から出雲崎までは越後線で一時間余りを単線の電車にゆられながら土地の訛りを耳にしながらゆったりと列車は走っていた。


短い晩秋の陽は日本海に沈もうとしていた。

出雲崎の駅に降り立った佳美は、今夜の宿を探すために駅の側に有る観光案内所に入ってみた。狭いカウンター越しに中年の男性がにっこりと笑って、

「あ……何か」と声を掛け読んでいた新聞を置いた。佳美は、

「近くに一、二泊出来ます旅館を探していますが、お願い出来ますか」

男性は一度はずした老眼鏡を掛け直して、

「え……と、お一人ですか、待って下さいよ」と、電話番号が書いてある表を見ながら

「あまり上等ではないですけど、料理が美味いと評判でね、雪乃旅館というのが有ります
が、一寸電話で聞いてみますが、今晩と明日の晩ですね」と言って電話をしてくれた。

「空いてるそうですよ」と受話器を塞いで佳美に言った。

「お願い致します」

「お待たせしました、小室様だそうです。じゃあ宜しく」と言って受話器を置いた。

地図を出して、

「ここですよ」

と赤鉛筆で丸を付けてくれて、

「気い付けてね」と言って眼鏡を外した。

佳美は地図を貰って丁寧にお礼を言って外に出た。もう大分暗くなっているし、不案内
な場所と疲れていたので、駅前に一台だけタクシーが停まっていたのでタクシーに乗った。

案内所の人が言っていたように雪乃旅館に直ぐに着いた。

旅館は庭樹に囲まれた、昔の風情を残した、こぢんまりとした二階建てで、何か郷愁を感じながら行くと、屋根の付いた格子戸の門から少し入った所に二重になった玄関が有った。

引き戸を開けて、

「ご免下さいませ」と声を掛けた。

左手の帳場であろう所から、着物を着た六十がらみの女性が微笑《ほほえ》みながら急ぎ足で出て来て、

「先程お電話下さった小室様でいらっしゃいますね、お待ちしておりましたのよ」

と言って玄関の上がり框《かまち》で丁寧にお辞儀をしてスリッパを揃えてくれた。

「お疲れでございましょ、どうぞお上がり下さいませ、ああ、お靴はそのままで結構ですよ」

と如才なく言って、

「お荷物をお持ちいたしましょう」

と関東風な言葉に佳美は少し驚いたが、何か人を包み込むような言葉遣いと柔らかな物腰に佳美はホッとして荷物を渡した。

女性は着物を着馴れた姿で一階の奥の部屋に佳美を通した。

部屋は鍵のかかる格子の引き違いの戸を入ると一帖程のスリッパを脱ぐ三和土《たたき》が有り、二帖の畳を敷いた場所が有って小さな冷蔵庫が置いてあり、襖を開けると八帖の間に床の間と外に面する板の張った所に椅子と小さなテーブルが置いてあった。

女性は床の間の脇にある作り付けの洋服ダンスの扉を開けて下に荷物を置いて、佳美が腕に持っていたコートを取ってハンガーに掛けた。

「予約も無しですみません」

と言葉を掛けると、扉を閉めながら振り向いて笑顔で、

「いえ、丁度この部屋が空いておりまして宜しかったです」

と言いながら、佳美を床の間の前に置かれた座椅子に、

「どうぞこちらにお座り下さいませ」

と勧めた。女性は入り口近くに座り、

「私は当宿の女将で御座います。ようこそおいで下さいました。どうぞ御ゆっくりなさって下さいませ」

と丁寧に挨拶をされた。

テーブルの上にはお菓子が置いてあり、女将は美味しい煎茶を注いで出してくれた。

女将はテーブルに載っている旅館の案内図を見せて、

「お風呂は家族風呂が二カ所ございまして、片方は檜風呂でして、もう一方はタイルになっておりますので、どちらでもお使い下さいませ、脱衣所には新しいタオルやバスタオルも御用意してございますので、お使いになられましたら、別の籠にお入れ下さいませね」

と説明をして、この部屋は一階ですので、非常の際はこの戸を開けますと外に出られます、と二重になったガラス戸を開けて見せてくれた。

「床を延べましてからは、お茶の御用意は、部屋を出ました所の冷蔵庫の上にポット等も置いてございますので、御自由にお飲みになって下さいませ、夕食の御用意も直ぐに出来ますが、お風呂を先になさいますか」

と微笑みながら聞かれたので、疲れている旨を伝えてお風呂を先に頂くことにした。

佳美は備え付けられた浴衣に着替えて、檜風呂が空いていたので入ってみた。脱衣所は少し狭く角に三段になった棚に洗ったタオルとバスタオルがきちんと畳まれて置いてあり、中段には脱いだ衣類を入れる籠が有り、下の段には使ったタオル等を入れる少し深い籠が用意されていた。中段の脱衣籠に浴衣等を脱いで、風呂場のガラス戸を開けると、微かに檜の香りと温かい湯煙が上がっていた。新しくはないが綺麗《きれい》に掃除されたお風呂だった。何時も銭湯に入っていたので一人で檜風呂に入るのは初めてで、久し振りにゆっくりと心の疲れも取れる気持ちがした。

部屋に帰ると夕食の支度がしてあり、四十歳くらいの仲居さんが冷たい食前酒のグラスを持って入って来て、

「どうぞ冷たいうちにお飲み下さいませ」

と言ってテーブルの上に置きながら、

「お風呂はいかがでしたか」

と聞かれた。地元の人なのか微かな訛りが有り素朴な感じに佳美は好感が持てた。

「とても良いお風呂でしたよ、久し振りに檜のお風呂に入れました」

と微笑んだ。

「お飲み物は何に致しましょうか、ビールやウーロン茶等はそこの冷蔵庫に入っております。日本酒も用意できますが」

佳美は体のことを考えて、

「あまりお酒は飲みませんので」

と返事をした。

仲居は、

「ではご飯と味噌汁をお持ち致しますね。何か御用がありましたら、この電話の二番を押して下さいますと帳場に繋がりますので」

と床の間の隅に置かれた電話を指して、

「どんな御用でも電話して下さいね、直ぐに参りますので」と挨拶をして下がって行った。

料理は蟹を中心としたこの宿独特なものだろう、どれを食べても美味しく、案内所の人が言っていた事が判った。

食事が終わり、電話で食事が終わった事を知らせて、椅子に座ってテレビを見ていると、先程の仲居が入って来て、

「お口に合いましたでしょうか」

と聞かれ、とても美味しかったと伝えると、

「良かったです、では片付けさせて頂きます。直ぐに床を延べさせて頂きますが宜しいでしょうか」

とテーブルの上の皿等を大きな盆に片付けながら聞いた。佳美も、

「はい、お願いします」

と返事をして、テレビを見ている間に、すっかり片付けられて、テーブルは部屋の隅に

運ばれていた。

暫くすると初老の男性が入って来て、入り口に座って、

「床を延べさせて頂きます」

とぼそっと言って、押入れから布団を出して敷いている時に、先程の仲居が糊のきいた敷布や掛け布団カバーを持って入って来て二人で素早く布団が敷かれた。

「ごゆっくりお休みなさいませ」

と仲居が挨拶をして部屋を出て行った。

佳美は時計を見ると八時を少し過ぎた頃でまだ床に入るには早いと思っていた時に、突然電話が鳴った。受話器を取ると女将であろう人が、

「お休みではなかったでしょうか。遅くに真に申し訳ございませんが、お着きになられた時にお書き頂かなければならなかった宿帳をお持ちするのを忘れておりましたので、これからお邪魔をして宜しいでしょうか」

と言ってきた。直ぐに襖の外から、

「宜しいでしょうか」

と声を掛けて、女将が座ったまま宿帳を置いて、にじって入って来た。

「まあ、こちらの手落ちで大変失礼致しました」

と言って、隅に置かれたテーブルの上に宿帳を広げてボールペンを置いた。

佳美が、住所、氏名を書くと、

「あら、川崎のお方ですか、懐かしいですよ、私は蒲田の六郷の生まれでしてね、二十年程前まで東京の大森の料亭で仲居として働いていましたんですよ」

と本当に懐かしそうに話した。

「色々と有りましてね、人を介しましてこの旅館を居抜きで手離したいという方が居まして、板前をしております亭主が新潟の人ですのでこちらに来たんですよ」

と話されて、

「まあ私としたことが、お客様がお疲れでしょうに長居をいたしまして、大変失礼致しました。で、小室様は観光でいらっしゃいますか」

と聞かれ、佳美は少し体を休めたくてと、言葉を濁した。

「そうですか、分かりました。ではごゆっくりとお休み下さいね」

とにっこり笑って、

「玄関の鍵は一応閉めてまいりますが、明朝の食事のお時間は何時頃に致しましょうか」

と聞かれて、ゆっくりしたいと思い、

「八時頃にして頂けますか」

に、女将は、

「分かりました。では七時半すぎ頃に床を上げさせて頂きますので、ごゆっくりお休み下さいませ」

と言って部屋を出て行って、外から鍵を掛ける音がした。

佳美は寝るには早めなので、テレビをつけて見ていたが、頭はこれから先の事を考えていた。

身ごもって、産む決心をした時から慌ただしく、まるで流れの速い川を小舟に乗って流されるように、一カ月前には考えもしなかったこの出雲崎の土地にたどり着いている不思議さを、自分でも計り知れない目に見えない大きな力を感じていた。父母を思い慕う気持ちだったのかも知れないと。

今日初めて出会った人達は、接客を常としているとしても、見も知らない自分に優しく接してくれ、まだ深くは知らないこの宿の女将のけっして美人とは言えないが、物腰の柔らかさと、心遣いが、自分の不安と迷いを和らげてくれたことは事実だった。

明日は町を歩いてみようとは思うが、都会と違ってどのようにしたら良いのかと見当も付かなかった。

住む部屋さえ見つけられたら、出産しても一年くらいは働かなくても暮らしていけるだけの貯金は有るから、働く場所は急ぐ事もないと思いつつ、タクシーを降りた時、雪乃旅館の角に『お手伝い募集』の張り紙が外灯の明かりで見えたような気がした。兎も角住む場所にしても仕事にしても、この地で子供と二人で生活をして行くのなら、雪乃旅館が駄目でも、数回だけでも話をした感じでも、あの女将ならこの土地の事も分かっているはずだから、思い切って明日にでも女将に相談してみたいと思った。

まず、自分の身分を証明するのに、車の運転免許と保険証を見てもらえば信用してもらえると思う、そして子供を身ごもっている話をしなければならないが、絶対に野辺との関係は誰にも話は出来ないと心に決めた。しかし、どのような事情で私生児を産まなければならないかと理由が無くてはならないと、佳美は気が付いた……。

嘘をつくしかない、生まれてくる子供にも。暫く考えながら悲しくなった。


子供の父親は一週間後に彼が両親に紹介すると言っていた矢先に、バイクに乗っていての事故死をしてしまい、その二カ月後に妊娠が分かったことにしようと、自分自身にも思い込ませることにしたが、自分で考えたことに哀れさと虚脱感を覚えた。こんなことまでして、生きて行けるのかしら……。

佳美は自分のお腹の中で、すくすくと育っている子供を思うと、生まれた時から嘘をつかなければならない惨《みじ》めさに、お腹の子供に心から詫びた。

女将には子供の父親の事以外は全部本当の事を話さなければと思った。

三歳で両親を自動車事故で亡くし、その後は母の実家に引き取られて、祖母が健在だったので二人で暮らしていたが、その祖母も自分が小学校二年の時に急死してしまい、その後は母の兄である伯父に引き取られた。伯父一家は義伯母と男の子二人の四人暮らしの家だったので、家事は一緒に暮らすようになった時から、色々と教えられて、義伯母は厳しい人だったので多少家事が出来るようになったこと、高校を卒業してからは一人暮らしをしながら働いていたので、旅館の仕事とは違うだろうが、お陰様で健康に恵まれ、また動く事が好きなので御迷惑でなければ働かせて頂きたい旨を話をしてみる事を決心して床についた。

長い間の習慣で五時に目を覚ました。

朝食の仕度もお弁当の用意も無いし、出社する支度もないので、暫く布団の中でボーッとしていたが、思わず自分のお腹に手をやった。

子供が出来たと判ってからまだ一週間も経っていないが、自分の体の中で自分が食べた物を糧として育っている子供が、やがて私を母と呼ぶであろう唯一の家族だと気が付いた。急に愛おしく、子供を産むという喜びが湧いてくるのを覚えた。

私達はこれから先、苦労の多い道を歩まなければならないだろうが、この子と一緒に暮らしてゆけると思うと、今までの一人ぼっちの淋しさが消えていった。大切に産み育てなければならない、そしてこの子に自分のような淋しさを味わわせないためにも、昨夜考えたように女将に相談をしようと思った。

もしこの旅館が駄目でも、あの女将なら何か力になってくれるような気がした。

起きて、髪をまとめた。佳美は会社に行く時も、あまり化粧はしなかった。目鼻立ちのはっきりした顔なので、クリームを塗るだけで口紅も持っていない。洋服に着替えて、椅子に腰掛けてテレビをつけた。朝のニュースを見るのは日曜日くらいだったが、地方のニュースは、東京とは違い地名がまったく分からないのに初めて気付いた。

七時半に昨夜の仲居が床を上げに来て、

「お早うございます。もう着替えられたのですか、どこかにお出掛けですか」

と驚いて聞いた。

「いえ……何時もの習慣ですから」

と笑った。仲居も、

「まあ、そうですか」

と言って、小さなお盆に昆布茶を載せて佳美の前の小さなテーブルに置いた。

シーツや布団カバーを手早く剝いで布団を上げて、座卓を床の前に置いて、

「今、朝食をお持ちいたしますから」

と立った。笑い声の素朴さと気さくな雰囲気に佳美は好意を抱いた。

朝食を女将が下げに来た。

「今朝は風の強い日になりましたが、何処かにお出掛けになりますか」

と聞かれ、佳美は思い切って話し掛けた。

「少しお聞きしたいことがあるのですが」

と切り出した。女将は片付けの手を止めて、

「どのようなことでしょうか」

と佳美を見た。

「昨夜、こちらの門の近くの外灯に『お手伝い募集』の張り紙を見たような気がするのですが、まだ決まってないのでしょうか」

と聞いてみた。

女将は急に内輪のことを聞かれて少し戸惑った顔で、

「はあ、一週間程前に、五年も働いてくれていた人が親御さんが病気になって、看病をしなければならなくなって、急に辞めたものですから」

と言って、

「小室様がお聞きになりたいようでしたら、誠に恐れいりますが、他のお客様をお送り致しましてから、ゆっくりとお話をさせて頂きますが、宜しいでしょうか。もう一時間程お待ち頂けますでしょうか」

と言われた。

「朝のお忙しい時に、気の利かないことで済みませんでした。私今日は何の予定も有りませんのでお待ちしておりますから」

と返事をした。実際に自分の事ばかり考えていた事が恥ずかしかった。

十時頃になって、女将が普段の着物なのか、紺色の着物に半幅帯を締めて、

「お待たせしましたね」

と歳とは思われないしなやかな姿で入って来た。近くに置いてあった茶櫃《ちゃびつ》から湯呑み等を出して、お茶を勧めてくれた。

「先程の張り紙のお話でしょうか」

と言いながら持って来たウサギの押し菓子を出しながら聞いた。

「はい、実は女将さんに私が此の地に参りました事を聞いて頂きたくて、昨日お会いしたばかりの方にお話をするのも躊躇《ちゅうちょ》したのですが」と言って、近くに置いてあったバッグから、運転免許証と今まで勤めていた会社の健康保険証を出して卓の上に置いた。

「私の身分証明にと思いまして」

女将は保険証を手に取って、

「拝見させて頂きます」

と、よく見てから言った。

「分かりました。それで、お話とは」

と佳美の顔をジッと見た。

佳美は昨夜考えていたように妊娠していることを話した。

そして、自分が三歳の時に両親が車の事故で死亡し、祖母や伯父家族に育てられた事を包み隠さず話した。だが高校二年の時伯父が亡くなったので、高校を卒業すると寮の有る会社に三年間とその後はアパートに移って勤めていたので、伯父の亡くなった大橋の家とは疎遠になっており、自分を心配してくれる人も無く、ただ愛していた人の子供を産み育てるために、何処で暮らしたら良いか分からなかったのだが、生前伯父から両親の眠る墓が新潟に有ると聞いていたので、両親に縋《すが》る思いで見も知らない此の地に来た事を話した。

黙って話を聞いていた女将が佳美の手をそっと握って、

「その若さで苦労なさったんですね、それであの張り紙のこと聞かれたんですね」

と言った。

佳美はその優しい言葉に胸が締め付けられるような気がした。

「はい、正直知らない土地で初めて出産して育てる事は不安でいっぱいですが、都会の隣の人も知らないアパートで、父親の無い子供を産み育てる事はもっと不安なのです。先程もお話をいたしました通り、私が八歳の時、祖母が急死をしましてから母の兄である伯父一家と暮らすようになりましたが、伯父には私より五歳と三歳年上の従兄弟が居りましたので、義伯母は家計を助けるために近くの八百屋に働きに行っておりましたから、子供の頃から家事を手伝うようになりましたのと、一人暮らしをしてからは自分一人で何もかもして来ましたので、旅館の仕事は別でしょうが、体だけは健康です。ただ子供を出産します前後二カ月程はお休みを頂けましたらと勝手なお願いですが……頼る人が居りませんので。貯えも少々あります。一人前に働けますまではお給料は頂かなくても生活してゆけます。もし女将さんが私を信用して下さいましたら、近くに住む所を探して是非働かせて頂きたいと思いまして」

と手をついて頭を下げた。佳美は必死でお願いをした。

女将は佳美の姿を見て、何やら考えていた。

「そうですね、実を言いますとこの近くの若い人達は学校を出ると、東京の大学や長岡の方に勤めに出るものですから、なかなかこんな小さな旅館は募集しても来ないんですよ、今は直ぐ裏に住んで居る光子さん、今朝床を上げに来た人ですがね、あの人は私共がこの旅館を買う前から働いている人で、私共が買った時からもう二十年働いてくれているんですよ。その間に結婚して、五人の子供を産みましたけど」

と少し笑いながら、

「でも両親が元気で家事と子育てもしてくれますしね、裏ですから、私共も助けてもらってますよ。もう上の女の子は高校生になったので、この間辞めていった人の代わりに夜は手伝ってくれてますが、何時までもというわけにもいきませんしね。事情はよく分かりました。私ももう六十五歳になりますし、客商売も長いので、人を見る目は有ると思うんですよ」

と微笑んだ。

「この間まで働いてくれてた人が二階で住み込みで居たので、貴方も住み込みではどうですかね。

見ての通り小さな旅館ですから、お給料はお小遣い程度しか払えませんが、ただ、部屋代、お風呂と三食の食事代は、一切頂きません。住み込みは会社のように時間がきっちり決められませんけどね、それで良かったら働いてみませんか」

と言ってもう一度免許証を見て、

「二十八年生まれですと、二十四歳ですね」と改めて聞かれた。

「はい」

「出産予定日は何時ですか」

「来年五月十三日です」

女将は、

「そうですか、私は子供を持った事が無いですが、光子さんは家《うち》で働きながら五人も産んでいるから、出産の事は何でも光子さんに聞くと良いですよ、気さくな人ですからね、出産前後の事はまた話し合いましょうね」

とまた佳美の手を強く握った。

佳美は女将が快く引き受けてくれたので、改めて、

「宜しくお願い致します」

と、また両手をついて頭を下げた。

不安と緊張が体から解けていくのを感じながら、涙の出る顔が上げられなかった。

女将の久代は明るい顔で、

「ではこれで決まりね、さて、貴女も此処で働く決心が付いたら、後でこれからの事を話さなければならないし、唐さん、いえね板前をしているのは亭主で唐六って名前なので唐さん、と呼んでいるんですよ」

と打ち解けた顔で笑った。

「あと旅館で働いているのは光子さん、娘時代から働いてもらっているので内輪では光ちゃん、と呼んでるんですよ、皆にも話をして貴女に紹介しなければね、それと二階の部屋も見てもらわないとね」

と、少し弾んだような声で言った。

「それで貴女は、佳美さんと呼んでいいかしら」

と言ってにっこり笑った。

佳美は夢を見ているような気がしながら、これは現実なのだと思い、

「はい、宜しくお願い致します」

と軽く頭を下げた。
四、五日前の産婦人科を出た時の絶望的な気持ちが、何か目に見えない風に吹かれて、空を漂っていったような奇妙な気分がした。

宿はお客様が帰った後、掃除、洗濯等、今日のお客様をお迎え出来るように準備を午前中にしなければならないので忙しく、久代の勧めで町に行ってみる事にした。五、六年前に友人と北国街道とかを観光案内で来ていたし、今日は町を見て歩く気分ではなかった。十月も末になると女将の久代が言っていたように寒い風が海の方から吹いていた。食事処を見つけて軽い昼食をして、コーヒーを飲んでいると穏やかな気持ちになってきた。時計を見るともう一時になろうとしているので急いで雪乃旅館に帰った。

部屋に戻ると女将が顔を出して、

「居間に皆が揃っているので来てくださいな」

と言いに来られた。

旅館に来てから見知った顔が揃っていて、久代はそれとなく紹介をしてくれた。

宿の板前をしている久代の亭主である唐六と裏に住んでいる光子とその長女の今年高二になるという淳子だった。光子が、

「今日は土曜日で淳子にも会ってもらって良かったよ」

と言われ、佳美は此処のところ何曜日なのか忘れていた。

久代は、

「まあ見知った人達ですがね」

と言って、

「色々訳がお有りで、今度旅館に勤めてくれる小室佳美さんですよ、さっき話したように、今は神奈川県の川崎に住まわれているけど、今住まわれている所を整理して、来週末頃からでも家に住み込みで働いてもらうことにしましたので、宜しくお願いしますね」

と言って佳美と一緒に会釈をした。

「これから使う部屋とか、旅館の中を見てもらいます、仕事の内容も話さなければならないしね、光子さん、仕事の事や部屋の案内をしてあげてね」

と色々な事は光子に託した。佳美は、

「初めてのお仕事で分からない事ばかりですが、一生懸命働かせて頂きます、宜しくお願い致します」と丁寧に挨拶をした。

女将達の住居は旅館とは、帳場とちょっと仕切りになった事務所と厨房を境に三尺程離れた別棟になっていて、帳場の側から二階に上がったら八帖間と六帖間の二間が有り、六帖は納戸のように使われているらしい。光子が、

「こっちの部屋はついこの間まで待子さんが使っていたから、押入れには布団も有るし」

と開けて見せてくれた。

一間の肘掛け窓が有り、階段を上って来て廊下からそのまま二つの部屋に入れるような造りで、突き当たりは洗面と昔風な男子女子トイレになっていた。

宿とは少しでも別棟になっているので静かだろうと思った。光子は、

「この旅館は前の方が昭和十七年に東京から疎開されて来て建てられたんですよ、東京でも旅館をしていたと言われてて、家族が多かったから部屋も多いんですよ、二人の息子さんが戦争から帰って来て、また元の浅草の方に大きな旅館を建てたので、此処を売って移って行かれたんですよ、裏の大きな庭は畠を作っていてね、なんせ大所帯だったから」

と話をしてくれた。

今住んでいる川崎のアパートとは比べられないほどの広さに、こんな恵まれた環境から私達二人の生活が始まると思うと感謝の気持ちしかなかった。兎も角一生懸命働くことと、生まれて来る子供と小さな家族として、愛情ある生活を築きたいと改めて部屋を見廻した。

光子は旅館の方も案内してくれた。二階には一階の部屋と同じような造りの部屋が三室で廊下の突き当たりに洗面室と男子、女子のトイレが二つ付いているやはり昔風な造りになっていた。

一階の二部屋とで五部屋の小さな旅館だが、唯、板前をしている唐六の腕が良くて、料理が美味しいというのが評判だそうで、常連さんも居られるとのことだった。

光子は一階に有る一つは昨夜佳美が入った檜風呂とあと一つのタイル風呂を見せてから、佳美の部屋に戻って旅館の一日の仕事を話してくれた。

「女将さんは若い頃、とても苦労されたそうでね、だから私達を始め人を大切にされる方ですが、一旦旅館の仕事のことになると掃除から言葉遣いにはうるさいですよう」と言った。

「女将さんから話を聞いたけど、今四カ月になるそうね、旦那さんに死なれてこれからが大変だろうけど、女将さんも東京の人だし人の面倒見も良い人だから、何とかなるわよ」

と肩を軽く叩いて励ましてくれた。

「私も女三人姉妹の長女だから、婿取りでね、上の妹は松本に嫁に行ったし、下は新潟市内に嫁に行ってるから、皆近いから親も安心してるのよ」

と一人で頷き、

「私は女将の久代さんがこの旅館を買った少し前から働いていたから、もう女将さんが買ってから二十年も働かせてもらってね、最初の子供が女だったから、男の子が産まれるまで産んでいたら四番目に男でね」

と大笑いして、

「もう一人男の子が欲しいと思って五人目はまた女だったから、末っ子はおまけみたいなものよ」

とまた大笑いした。その屈託のない笑いに、佳美も何だか楽しくなって笑ってしまった。

「私も五人も子供産んでるから、なんでも相談してね、もう下の子も五歳になっちゃって、久し振りに赤ん坊が抱けると思うと楽しみだ」

と、まるで自分の事のように喜んでくれた。

亡き両親が、この宿に招いてくれたのかと、光子の屈託のない笑い顔を見ながら思った。

女将の勧めで今日はもう遅いから泊まって明朝帰ったらと言ってくれたので、夜汽車で帰るのも体には負担になるかと考えて、もう一晩泊まる事にした。

静かな夜に、これからの人生を此の地で子供と一緒に暮らせる喜びと共に、大きな責任を感じながら眠りについた。

翌朝光子が来る前に布団を上げて帰る仕度をしている所に光子が入って来た。

「眠れたかね」

と言って朝食を運んでくれた。今度来る時は此処の従業員として働くのだからと思い、朝食の後片付けをして厨房に運んで行った。

「あら、私が片付けに行ったのに、気を遣わせちゃったね」

光子が受け取ってくれた。

部屋に戻り、ボストンバッグを持って、忙しく立ち働いている、唐六と女将の久代に、

「立ったままで失礼いたします。川崎の色々なことを片付けて、少しばかり有る荷物を送らせて頂きます。一週間程しましたら参りますので宜しくお願い致します」と丁寧に挨拶をして宿を出た。

海の方に筋雲が見え冬を思わせる寒い風に木立がザワザワと鳴っていた。

三日しか留守にしていなかった部屋に帰って、佳美は急に現実に返った気がした。

入り口を入ってコンクリートの靴脱ぎの三和土を上がると一口コンロの台所と向き合いにトイレが有ってガラスの戸を開けると四帖半の部屋が有る。会社の寮から引っ越して来た時に買った背の低い整理ダンスの上に小さなテレビが載っていて、横には祖母の写真が飾ってあるだけの殺風景な部屋に、コタツにも使える食卓が置いてあり、唯一花柄の座布

団が女性の部屋と思わせた。電気をつけて、荷物を置くと座布団にペタンと座った。

この三日間の事がまるで走馬灯のように頭の中をかけ巡った。駅前のパン屋から買ってきた牛乳と菓子パンを食べて、テレビを見る気力も無く、長旅の疲れが出たのか、体を休めるために早めに床についた。

母の子守唄を聞きながら、柔らかな胸に抱かれて眠っていたのに、何時の間にか、母がお月様の方に消えて行く、手を伸ばしても、両手をいっぱいに伸ばしても、母には届かない、だんだんと母が霞《かすみ》のように月の中に消えていった。

佳美は、はっと目を覚ました。またあの夢を見た。幼い頃から同じような夢を見て、怖い、と恐怖に体が硬くなり、抱かれて眠っていた祖母にしがみついたことが、度々有ったことを思い出した。

大人になってから見た事が無かったのに、何故だろう。体を起こしながらカーテンの隙間から、東の空が明けようとしているのをまだ覚めきらない目で見ていた。

新潟から帰った始末をしながら、佳美は今朝の夢を考えていた。新潟に住むようになったら祖母の墓参りにも当分行けないだろうし、祖母に会いたい気持ちが急に膨らみ、墓参りをすることにした。

　佳美は両親が事故死をした三歳の時から、母の実家が川崎の日吉に有ったので、祖母と叔母の香織が住んでいる家に引き取られた。駅からは大学の建つ山を廻って行くので、大分歩かなければならない。山を半分程廻ったあたりから、畠や田圃が有るのどかな場所だった。佳美が引き取られてから直ぐに叔母の香織が藤沢に転職をして出て行ったので、佳美は祖母と二人で暮らしていた。祖母は急に両親を亡くした佳美をとても可愛がり引き取られた夜から母の代わりに祖母に抱かれて寝た。佳美は幼心にも母が居ないことに何故か不思議な思いが頭から離れず、奥の納戸を覗いたり、外に有る小屋を覗いたりして捜してみても、母の姿は何処にも無くて、淋しさに流れる涙を両手で拭きながらも、祖母に、「お母さんは」と聞いてはいけないような気がして、祖母の目を盗んでは庭の木の陰等を捜してみた。淋しさは消えず涙を堪《こら》えようと目を大きく見開いて、上を向いて空を見上げた。

日にちが経つうちに祖母の優しさを受け止められるようになって、母を捜すのを止めた。

「佳美の母さんは、そりゃ色が白くて美人でね、だから父さんがお嫁さんに欲しいってね、母さんは佳美が生まれてから本当に可愛がっていたんだよ、だけど何でだろうね」

と佳美を膝に抱いて何度も何度も話していた。佳美はお母さんはあの夢のようにお月様に行ったのかしら、と思うようになっていた。

両親が自動車事故で死んだという事は、佳美が小学校に入学した時に祖母から聞かされた。

佳美は両親の居ない生活に慣れて来ていたし、死を理解出来る歳にもなっていたので、さほどに驚かなかったが、祖母は張り詰めていた気持ちが急に切れたのか、その場で泣き崩れて嗚咽が止まらないのを見て、祖母の手を握って、佳美は思わず、

「おばあちゃん可哀想ね」

と言った。祖母は佳美をきつく抱いて、かすれた声で、

「綾」

と言ったような気がした。

桜が満開を過ぎて、庭一面ピンクの絨毯を敷いたようになっていた。

佳美が小学校二年の秋の夜、縫い物をしていた祖母が急に頭が割れるように痛いと言って倒れた。佳美は急いで隣のおじさんを呼びに行き、医者が駆けつけてくれた時にはもう息を引き取っていた。佳美は唯一人自分を可愛がってくれた祖母の死を受け入れることが出来ず、布団に寝かされている祖母の足元に座って、温かくならないかと、足を摩って離れられなかった。

間もなく知らせを聞いて、祖母の次男の博次一家や藤沢に勤めている香織や、近所の人達が慌ただしく出入りして葬儀が終わった。

お骨は祖母と毎月のようにお参りをしていた近くのお寺の墓に埋葬された。一人になった佳美は電車で二駅ほどの場所にある伯父博次の家に引き取られることになった。伯父に

は、

「家《うち》は此の家とは違って狭いから、佳美の勉強机やタンスは持っていけないぞ」

と言い含められて、押入れから祖母が使っていた茶箱と柳ごうりに洋服等を詰めて、

「学校で使っている物は袋に入れて持ちなさい」

と言われたので、ランドセルを背負って、靴や長靴等を袋に入れ、台所の食器入れから、祖母と一緒に食事をしていた茶碗と箸も小さな布の袋に入れ、祖母が使っていた湯呑み等もどうしても持って行きたく紙に包んで袋に入れた。自分の枕を持って荷物を積んだタクシーに乗せられて伯父の家に行った。

伯父の家は祖母の家とは違い小さな二階建てで物干しがやっと立っている狭い庭が有り、背の低い木が二、三本植わっていた。

門が無く、道から直に玄関が有り、佳美は一階の台所と繋がった六帖の居間に義伯母正江と一緒に寝起きをすることにされた。

二階には佳美より五歳年上の昭一と三歳年上の秋男と、もう一部屋には伯父が寝起きす

ることになったようだった。玄関の入り口には「大橋博次」と書かれた表札が掛かっている下に、カマボコの板に「小室佳美」と伯父の字で書かれた木が貼られた。

佳美は大切な祖母との別れもそこそこに日吉を離れた子供の頃を思い出しながら日吉の駅に降りた。

就職をして、伯父の家を出た時とか、アパートで暮らし始めてからは度々祖母のお墓参りに来ていた。駅前の花屋から花を二束と線香を買い、大学のキャンパスの坂道を上りながら、祖母のことを思い出していた。

祖母が母の話をする時は私を膝に抱いて、遠い昔の我が子を思い出していたような気がする。

桜の花びらが舞い落ちる下で泣き崩れた祖母は確かに「綾」と呼んでいたと思う。

坂道を上りきると大学の裏手の急な坂を丸太で土留めをした曲がりくねった段々の下り坂になっていて、下にお寺が見えてきた。

お墓はお寺の裏手で大学の東面の傾斜地に、何段かに作られている。子供の頃祖母に連れられて墓参りに来ていた時は、家から田圃の畦道を、春は菜の花が道端に咲き今頃はすすきが生えていて、ぬかるんだ道を真っ直ぐに祖母と子供の足で十二、三分くらい歩くと、お寺の山門にたどり着いた。人気の無い本堂にお参りをしてから、住職の住まいの廊下で祖母は挨拶をしてから、裏手に廻って手桶に水を汲み、お墓の掃除をして、庭から切ってきた花を添えてお参りをしていた。

佳美が一人になってからお墓参りをする時は、本堂には行かずに裏手から手桶に水を汲んでそのまま墓参りをしていた。今日もそのまま手桶に水を汲んで墓に向かった。祖母の長男秀一が戦死をした時に祖父がこの墓を作ったと祖母が言っていた。膝の高さ程の石を土台にして子供だった佳美の背丈ほどの石塔が立っていて、「大橋家」と彫ってあり、脇に長男の秀一と祖父喜助、祖母フエ、佳美を引き取ってくれた次男博次の命日と戒名が刻まれている。

花立てにはまだ供えて二、三日程の花が入っていた。佳美は誰がお墓にお参りをしたのか考えてみたけど見当がつかなかった。

取り敢えず、水を取り替え、まだ良い花を選んで自分が持って来た花と一緒にして、花立てに入れたので大層華やかになった。

お線香をたいて、祖母の形見の数珠を手に掛け、子供が出来た事、そして両親の墓が有る新潟に行く事と、両親が守ってくれているのか、雪乃旅館で女将を始め良い人達に出逢えた事を報告した。

大学の斜面に生い茂った木の葉が風に舞い降りていた。

石塔を見ながら暫くはお参りが出来ないだろうと謝った。幼かった頃墓前で祖母と二人でお参りをした時、祖母が数珠を手に誰かに話し掛けるように、ブツブツと言っていたことを思い出して、なかなか離れることが出来なかった。

お墓に覆い被さるように枝を張った大木から急に鳥が鳴きながら飛び立った。

佳美は二年生の時に伯父の家に引き取られてから一度も祖母と暮らしていた家に行ったことがなかった。もうあれから十数年も経っているから判るかどうか知れないが、もう一度だけ行ってみたくなった。

お寺の脇を通り山門に出て振り返って改めて本堂を門前から拝んだ。お寺を背に真っ直ぐな道は、子供の頃と違いきれいに舗装されていて、昔田圃や畠だった所には庭の有る二階建ての家が並んでいて、子供の自転車や駐車場も有る。生活感溢れる家並みが続いているのに佳美は時の流れをつくづくと感じながら歩いた。

十分程歩くと日吉の駅に繋がる道に出た。

道のつきあたりは小高い丘のようになっていて、そこに斜めに三メートル程の石段が有る家を見つけた。見覚えのある石段で子供の頃にはもっと高く思えたが、此処が祖母と暮らしていた所と分かった。昔は石段の上がった所には、石の高い門柱が有ったけれど、今はその門柱には立派な鉄の門扉が閉まっていた。

三メートル上には生け垣が廻されて、大きな瓦屋根の二階建ての家が建てられていた。

ただ庭の中程に見覚えのある大きく枝を生垣の外にまで張った二本の桜の木が有るのを見て懐かしく、胸がいっぱいになった。

桜吹雪の下で祖母が泣き崩れたことを、この木は覚えているだろうか、今はもう十一月になって桜の葉をすっかり落としているが、この桜は何年此処で、春に美しい花を咲かせて、下を通る人々にも喜びを与え、夏は木陰で少しの涼を与えて、秋は明くる年の花芽を用意して葉を落としてきたのか、そして此処に住んでいた人達の喜怒哀楽を黙って見守ってきたのだろうか、愛してもいない男の子供を宿した自分をふしだらな女と見下しているのか、それとも淋しさを堪《こら》えてきた女と哀れんでくれているのかと桜と対話していた。

伯父の博次は佳美が引き取られて暫くした夜、義伯母の前で、

「おばあちゃんの家屋敷と残っていた畠を売ったからな、佳美は遠慮などしないで此処で暮らしていいんだぞ」

と笑顔で言ってくれた。

可愛がってくれていた祖母の突然の死に、不安な日々を送っていた佳美には、伯父の優しい言葉に不安が薄れていったが、義伯母の正江が黙って、すっと台所に立って行った後ろ姿に、子供心に此処に何時までも居てはいけないのだと感じた思いを今でも忘れること

が出来なかった。

佳美は色々な事を知っている桜とも、もう二度と会うことは無いと別れを告げた。

大学の建つ山裾の道も、今はすっかり舗装されて車が行き交う道を、二十分程歩いて日吉の駅に着いた。

もう十二時も大分過ぎていたので、駅の傍のおそば屋で昼食をしようと思いながら、入り口近くに公衆電話を見つけたので、小田原の叔母香織の店に電話をしてみた。

「喜楽亭でーす」

と元気な香織の声がした。

「佳美です。御無沙汰しています」

「あら佳美、久し振りだけど元気」

と香織の忙しそうな雰囲気が伝わってきた。

「ええ、今、日吉なの、おばあちゃんのお墓参りをしてきたの」

「そう、私も暫く行ってないのよ、小田原だと一寸というわけにもいかないでしょ、で、どうかしたの」

「私会社辞めたの、友達が新潟で旅館やっていてね、当分住み込みで行くから、お墓参りもなかなか出来なくなると思って」

「まあ新潟に、いらっしゃい、ご免ね、お客様、佳美は幾つになったの」

「二十四になったわ」

「そう、彼氏居るの、ああ済みません、三百七十円になります。有り難うございました。ご免ね、お昼だから」

「まだよ」

「もう二十四になったんだから早く結婚しなさいよ。親の居ない娘に世話なんかしてくれる人いないわよ、選り好みしないで結婚するのよ、で大橋には挨拶に行くの」

香織は忙しく話をした。

「世話になったけど、義伯母さんに会うの苦手で、電話しておくわ」

「そうね、私も兄さんが死んでから疎遠になってってね」

「新潟の旅館の電話番号言うから書いてくれる」

「分かった、一寸待ってね」

と傍のメモにでも書いたのか、

「書いたわ、ごめん、忙しくてね、まあ元気でね、またね」

とせわしなく電話が切れた。

佳美は妊娠のことを話せば当然、父親の事で嘘を言わなければならないのが嫌で、香織には新潟に行く事だけを知らせた。

朝起きた時に気持ちが悪いと感じるぐらいで悪阻《つわり》らしい事も無く来たのは佳美にとって幸いだったが、やはり妊娠している体には朝から歩き廻ったのはさすがに疲れを感じていた。

まだ新潟に引っ越すことを大家さんに話していなかったので、部屋に帰る前にアパートの解約をしなければと思って大家さんのところへ寄った。

ついこの前まで農業をしていたのか、今は前庭をきれいに刈り込みがしてある裏に、木造二階建てのアパートが二棟建っている、刈り込まれた前庭を右に入って行くと大きな玄関が有る、佳美は玄関の引き戸を開けて声を掛けた。

「はあーい、ああ小室さん、こんにちは」

奥から奥さんが手を拭きながら出てきた。

「いつもお世話になっています」

佳美は玄関の中に入って丁寧に挨拶をした。奥さんは月末でもないのにと怪訝そうな顔をして、

「どうしたの、どこか故障でもしたの」

と言って上がり框に座った。

「いえ、お話しするのが遅くなりましたが、急な事でしたので」

と手短に、さっき叔母の香織に話したように新潟に行く話をして、

「二、三日内にアパートを出たいのですが」

と言うと、

「そうなの、分かりました。ちょっと待ってね」

と言って奥から賃貸契約書を持ってきて、

「小室さんまだ四年程だからお部屋はきれいでしょうが、明日にでも主人が部屋を見せてもらいに行くわね、それと急だから十一月分も半分返せないけどね、家《うち》は二年更新料を貰ってないから、敷金は二カ月分預かっているけど、見せてもらってから全額返せるかどうかしらね。それと荷物どうするの、旅館の住み込みだと台所用品は要らないんじゃないの、直ぐに辞めるとしたら別だけどね、面倒だったら置いて行っても良いわよ、家《うち》の物置きは大きいから。また次の人が欲しがるかもしれないしね」

「有り難うございます、台所用品といっても大した物も無いですが、よろしいですか」

と訊いた。

「いいわよ、それと新潟に荷物を送る手筈は付いているの、良かったら何時も使っている運送屋さん紹介するわよ、女手一つじゃ大きな荷造り出来ないからね」

と言ってくれたので、佳美は頼むことにした。

会社の寮から引っ越した時は近かったし、会社の小さなトラックで来たので荷作りらしいこともせずに引っ越せたが、今回は奥さんの気遣いに助かった。

部屋に帰り疲れた体を休めてから、夕食は後回しにして、主婦の忙しい時間帯の夕食頃に近くの銭湯に行った。妊娠していると分かってから、人に裸を見られたくなかった。

翌日午前中に転出届を出しに役所に行ったり郵便局等全て手続きをして帰った。

午後に大家さんのご主人が古いダンボールの空き箱を十枚程持って来た。

「小室さん新潟に行くんだって、寒さに向かって大変だね。まだ若いから気にもならないだろうけどさ、私なんか七十過ぎると足腰が痛くて、寒い所は駄目だよ、都会の者は雪に慣れてないからさ、気い付けてよ。

このダンボール使ったのだけど、まだしっかりしているから使いなさいよ、えーっと部屋見せてくれる」

と言って上がってきた。少しは片付けてあったけど、散らかった部屋に入り壁とか台所の板等を点検して、

「壁なんか何ともなってないけど、畳表の代金だけ引かせてもらいますよ」

と言って、

「はい、これ敷金の残りね、改めて下さいよ」

と袋を出した。

「お世話になりました。また運送屋さんも手配して下さいまして助かりました。奥様に言われました通り、持って行かない物、ダンボールに入れて外に出しておきますので、宜しくお願いします」

とお礼を言うと、大家さんは帰りながら右手を上げて、

「いいんだよ、ああそうだ、明日朝にでも、運送屋が来るって言ってたけど、良かったか

な」

と向き直って大声で訊いた。佳美も荷物も少ないので用意が出来ると思い、

「はい、明日朝にお願いします」

と頭を下げた。大家さんはまた右手を高く上げて、帰っていった。

佳美は今夜使う布団等だけ残して、粗方は貰ったダンボールに入れた。頼れる人が居ない自分には貯金だけはしなければと常に心掛けていたので、余分な服も道具も無く、祖母の家を出た時の柳ごうりと茶箱と大家さんに頂いたダンボールに収まった。

明朝一番で運送屋が来ると言っていたので、三尺の押入れを空にして、布団を敷いた。

翌朝いつものように目が覚めた。身支度をして残りのパンと牛乳の朝食を済ませた時、運送屋が来て、テレビやコタツ等を梱包して小さな整理ダンスも毛布のような物で梱包した。

「ダンボールに割れ物は入ってないですね」

と念を押されて、荷物を小型のトラックに積んだ。支払いを済ませて空っぽになった部

屋に暫く座ってみた。

私の運命は方向を変えて今日から動き出すんだと強く思った。そう、お腹の子供は私だけの子、これから二人で安らかな家庭を作らなければと、お腹を撫でながら「小さな私の子供だから生まれるまで、お日様のような明るい子供になって欲しいから、ひいちゃん、と呼ぶわね。お母さん一生懸命働くから、絶対に淋しい思いはさせないからね、ひいちゃんも良い子にしていてね、幸せになろうね」と独り言を言って、ボストンバッグと祖母の写真立て等を入れた荷物を持って外に出た。

昨夜の雨も止んで、青空に掃いたような薄雲がゆっくり流れていた。

大家さんに鍵を返して、今までお世話になった挨拶を済ませて、駅へと向かった。

上野駅から一時の特急［とき］に乗る事が出来た。

窓側の座席が取れたので去っていく都会のビル群の景色を見ながら、やっと自分の求めていた世界に旅立つ喜びと不安をこの列車に託しているように思われた。

暫くしてやっぱり大橋の義伯母に電話をするべきだったかと思ったが。

佳美が高校を卒業して大橋の家を出て初めてボーナスを貰った七月に、義伯母が働いていた八百屋に電話をして義伯母が昼休みに家に戻る時間を聞いた。

「一時頃なら一段落するから、四時頃までは家に居るからね」

と言われたので二時頃訪ねて行ったことがあった。伯父が好物だった川崎の栗最中と、義伯母には胸とポケットに刺繍がある割烹着を買って行った。

「義伯母さん、私初めてボーナスを頂いたので」と言い、伯父の仏前に最中を供えてから、

「おばさん私が選んだので気に入ってくれると嬉しいんだけど」

と言って割烹着を差し出した。義伯母は袋から出して、

「あら、可愛いわね」

と言って袋に戻した。

「折角来てくれたのに悪いけどね、急用が出来てね、これから出掛けるのに佳美ちゃんを待ったのよ、お茶も出さないでご免なさいね」

と立ち上がったので、佳美も、

「忙しい時に来ちゃってご免なさい」

と挨拶もそこそこに玄関を出た。その瞬間、玄関の鍵を掛ける音がした。佳美は追い出されたような嫌な気持ちになった事を思い出した。

これからひぃちゃんとの新しい門出に、また嫌な気持ちになりたくなかったから、電話をしなかった方が良かったと思うことにした。

大橋の義伯母は決して意地悪な人ではないと佳美は思っている。家事も合理的に手早くする人だし、家計の遣り繰りも上手で食材は無駄にしないことを子供だった佳美にも徹底的に教えてくれた。手編みのセーターも二晩で一枚編み上げることもあり、佳美には真似が出来なかった。

「佳美、空手で歩いたら駄目よ、台所に行く時は何か持っていく物が無いか、台所から戻る時も何か持っていく物が無いか考えるのよ、無駄な動きはしないのよ」と何度も注意されたお陰で、佳美も無駄な動きのないようにと考えられる習慣が付いたのを、就職した会社の社長にも認められたのかもしれないと義伯母には感謝していた。

ただ、義伯母には人への思い遣りが欠けていたので、伯父の前でも子供達に、

「そんなことしているとお父さんみたいな甲斐性無しになるよ」

と平気で怒った。伯父は新聞を持って、二階に逃げていったりしていたと、就職をして大橋の家を出るまでのことを思い出していた。

私がどんな理由にしても、今の安定している会社を辞めて、新潟の旅館に勤めるなど、理解は疎か非難されるに決まっている。ましてや本当の事など話せるはずもなかった。

佳美はのどかな田園風景を見ながら、

「ひいちゃん、温かい家庭を作ろうね」

と言ってそっとお腹を撫でた。

初冬の日の暮れるのは早く、夕方雪乃旅館に着いた時には旅館に明るい窓が並んでいた。

佳美は旅館の横に有る大きな車庫の中の住まい用の玄関の土間に入った。お客様の夕食

の片付けに追われる足音を聞きながら、

「ただ今帰りました」

と声を掛けると、膳を下ろしてきた女将が聞き付けて顔を出した。

「お帰り、早かったわね」

とニッコリ笑った。

佳美は荷物を土間の上がり框に置いて、手早くコートを脱いでボストンバッグの中から割烹着を出して厨房に入った。

板前の唐さんも自分たちの夕食の仕度をしながら佳美の挨拶に「おー」と嬉しそうな顔をして挨拶を返してくれた。

佳美は下げられてきた食器を流しに運び、先日光子に教えてもらったように洗い始めた。

唐さんが、

「疲れてんじゃないかい」と目を細めて言ってくれたが、

「大丈夫ですよ」

と笑顔で返した。佳美はこれから此処で生きていく覚悟だから、疲れを感じていられなかった。光子もお膳を運んで来て、

「あーお帰り、列車で疲れているだろうに、大丈夫かい」と言いながら運んだ膳を拭き上げて棚に積んでいった。淳子も手伝っていたのか、出て来てニッコリ笑って、

「お帰りなさい」

と言って、佳美と一緒に食器を洗い始めた。

前回見た時と違い、三つ編みの髪をそのまま項《うなじ》に束ねて、光子と同じレンガ色の着物と前掛けをしている姿に頼もしい感じがした。

佳美は今までと違った仕事に、過去を忘れる事が出来るのに疲れを感じながらも喜びを覚えた。

一段落して、佳美は自分の二階の部屋に入って荷物を置いた。足がパンパンにむくんでいた。部屋は光子にでも掃除をしてもらえたのか、綺麗になっていて暖かそうな夜具が傍らに畳んであった。部屋の隅にボストンバッグを置き、割烹着を脱いで、上野から買って

きたお土産を二つ持って下の居間に下りた。

もう淳子は家に帰っていたが光子は帳場に居るようだった。

卓袱台《ちゃぶだい》に三人分の夕飯が置かれていて、女将の久代と唐六が待っていてくれた。

「帰る早々手伝って、疲れたでしょう」

と久代はお茶を入れてくれた。

「いいえ、今日から御厄介になります。判らない事ばかりですが教えて頂きながら一生懸命働かせて頂きますので、宜しくお願い致します」

と両手をついて丁寧に挨拶をして、土産を出した。

「川崎の方は全部片付けてこられたのかい、上野から電話を貰ったから待っていたのよ、こちらこそ宜しく頼みますね」

と何時ものように微笑みを浮かべて、

「まあ、気を遣わせて」

とお土産を押し頂き、

「忙しかっただろうけど、体の具合はどうなの、今日は忙しい時間に帰ったから話をする間も無かったけどね、身二つになるまでは無理しないでね。そのうち荷物も着くだろうし、そうそう光ちゃんが、自分のお産をした産婦人科に連れて行こうかと言ってたけどね、五人もの子供産んでるから何でも教えてもらうといいわよ」

と話しながら食事を始めた。唐六は佳美が挨拶が終わった時から晩酌を始めていた。

「明日にでも役場に連れて行くって言ってたし、気さくな人だからね、淳ちゃんも当分アルバイトで夕方は手伝ってくれるから部屋が片づくまで休んで、旅館の仕事はそれからにしなさいな」

佳美は本当に自分を気遣ってくれる久代夫婦に感謝の気持ちでいっぱいになった。食事が終わった頃には唐六は、

「寝るな、気を遣うなよ」

と赤い顔を一撫でして隣の寝室に入って行った。食事の後片付けをしようとすると、帳場から光子が飛んで来て、

「ここはいいから、九時過ぎるとお風呂に入れるから、ゆっくりしなさいよ」

と佳美が片付けた盆を持って厨房に行った。

佳美は久代に改めて、

「有り難うございます、頼る人の居ない私にこんなに親切にして頂きまして、何とお礼を言ったら良いのか分かりません」

佳美は手をついて涙が出るのを堪えながらお辞儀をした。

「まあ、この間貴女の話を聞いてね、私も若い頃何回も途方に暮れるような事がありましたよ、貴女と縁有って一つ屋根の下で暮らすのも、ご両親が見守ってくれているのかもしれないわね……だた、住み込みで働いてもらうことは、家《うち》のような小さな旅館では、二十四時間一緒に居るようなものだから、お願いがあるのよ。

まあ、誰でも人に言えない事の一つや二つは有るものですよ、だから言いたく無いことは言わなくていいし、相手にも聞かない事ね。嘘もね、人様に迷惑にならないことならそれもいいでしょう、唯一つだけお互いを裏切らないこと、それだけは約束して欲しいんですよ」

と久代は佳美の手を取った。佳美は大きく頷いて、久代の目を見た。久代は真剣な目で見つめていた。

佳美は次の日、亀岡光子の家を訪ねた。朝も会ったけど、これから先、子供を産み長く働くことだから、亀岡の人達にはお世話になると思い、正式に挨拶をしたく、久代にもその旨を話して、光子が家に戻ってからお土産を持って訪ねた。

雪乃旅館の一軒裏手になる、やはり古い大きな家だったが、大工というだけあって、車庫を兼ねた道具置き場があり、柱のような木や板とか機械も置いてあり、心地良い木の香りがした。中に入り右側に広い玄関があった。光子は此処で生まれ育ち、妹達と三人姉妹なので自分が婿を迎えたと言っていた。

自分の両親と一緒に暮らしているせいなのか、苦労無く育ったのか、または持って生まれた性格なのだろうか、屈託のない、物に拘らない人柄は雪乃旅館には無くてはならない人のような気がした。光子の話だと夫の淳吉は同じ新潟の高田から婿に来て、二十年近くになるので光子の両親とも何の遠慮もなくて、本当の親子のようになっていると言っていた。

淳吉の実家は二代前までは宮大工だったとかで、最近は舅の達一が歳のせいで目が悪いので、淳吉が工務店の棟梁として、大世帯ながら仲良く暮らしていると光子が話していた。

佳美は光子の両親に挨拶をしてお土産を差し出した。

「これから光子さんや皆さんにお世話になると思います、宜しくお願いします」

と言うと、久代と同年配程の母親が、

「まあ、田舎者ですが、光も旅館で働かせてもらって長いし、子供を五人も産んでますので、何か役に立つことが有ったら何でも言って下さいよ」とにこにこと笑って言ってくれた。

佳美は今まで自分に無かった温かい家庭に触れて、光子が羨ましかった。

光子は昼間、旅館の仕事の合間に二十分程歩いた産婦人科に佳美を連れて行ってくれた。

佐藤産婦人科の院長は、五十歳くらいの女医さんで、色の白い背の高い先生だった。

光子に話を聞いていたようで父親の事は何も聞かず問診や診査、血液検査等してくれて、

「一週間後くらいにもう一度来て下さいね。見たところ貧血もなさそうだし、妊娠は病気じゃあないですから動くことですね。もうすぐに五カ月を迎えるから腹帯を締めないとならないから、亀岡さんは充分知っているけど」

と笑って、

「最初は私が巻き方を教えますからね」

と言ってくれた。

帰りに役場に廻って転居届を出したりと、光子の運転で廻ってくれたので早く手続きが終わった。

荷物が着きタンス等が決めた場所に収まれば、あとは押入れに入る量なので直ぐに生活が出来るようになった。

ここから、ひいちゃんとの生活が始まる、今までの川崎での生活は全部忘れて、幸せの

第一歩を自分の手で作らなければと佳美は部屋を見廻して、お腹の子供に話しかけた。

「ひいちゃん、お母さん頑張るからね」

独り言を小さな声で言うと、フツフツと幸福な気持ちが湧き上がるような気がして、もう一人ではない、男の子でも女の子でも家族が出来る事が嬉しかった。


旅館の朝は早い。五時前に起きて身嗜みを整えて、着慣れない着物に時間が掛かったが、前掛けをすると、厨房に挨拶に行った。朝早くにお帰りになるお客様から昆布茶と小梅の小鉢を載せた小さなお盆を持って、床を上げに行く、そして朝食を運ぶことになっていると、光子に教わった。下に行くともう光子が来ていた。

「お早うございます、今日から宜しくお願いします」

と挨拶をすると、皆が、

「お早う」

と仕事をしながら返してくれた。唐六は朝一番に市場に行って帰ったところだった。

女将から、

「今朝だけは光ちゃんと二人で仕事してね」

と言われたので、光子の見習いのようにして朝の仕事をした。お客様を送り出すと光子は家に帰って行った。

初めて久代と唐六と三人で朝食を頂き、佳美が後片付けをしていると、久代は事務所で仕事を始めた。朝食を済ませた光子が来たので女将の久代と二人で各部屋の掃除や洗面、トイレ等の掃除をして忙しい時間を過ごし、女将は各部屋の床の間の花を生け直して、昼前にはすっかりお客様をお迎え出来る準備が出来た。

昼食後、三時頃までは佳美も自分の部屋で過ごすことが出来た。

「お客様が多い時は、淳ちゃんが手伝いに来てくれるので助かるのよ」と女将が話していた。

佳美が少し旅館に慣れてきた頃、出雲崎に冬がやってきた。

お正月も過ぎ風の強い寒い日も佳美は仕事を精一杯して、この三人の暮らしの中にひいちゃんが加わる日を夢見ていた。
桜も終わり光子や淳子達とも、また亀岡の人達ともまるで大きな家族の中に居るような安らぎを感じながら、あの血の繋がりの有る人達が近くに居ながら、孤独な日々は何だったのだろうと思うほどだった。

子供がお腹の中で動くのを感じるようになってきて、朝食後、お茶を飲んでいると急にお腹を蹴るような気がして、
「あら、また蹴られました」
と笑うと、久代が、
「どれどれ」
とお腹に手を当てて、
「まあー元気だね」

と笑った、唐六や久代がまるで自分達の孫のように生まれる前から可愛がって、気遣ってくれるのに、佳美は温かい家庭が出来たようで嬉しく感じながら、忙しい日々を過ごしていた。

佐藤産婦人科には何時も光子が付いてきてくれ、雪の舞うような時も光子の運転で出掛けられるので佳美は安心して診察に行けた。

お腹の子供も順調に育っており、佐藤医師が、

「赤ちゃんの鼓動よ」

と聴診器で心音を聴かしてくれ「ひいちゃんの心臓ね」と心の中で呟きながら、佳美はまだ見ぬ我が子を愛しく思われた。

五月になって、佐藤医師が、

「小室さん、旅館の仕事もうそろそろお休みできませんか。あと一、二週で出産になるのでね」

と言われたが、佳美は、

「周りの皆さんが気を遣って下さって、もう二階の上り下りの仕事や重い物なども持ってませんので」

と言うと、

「そう、光子さんも気の付く人だから、まあ気を付けて仕事をして下さいね。それと出産後の話だけど、やはりいくら良くして下さっても、産後寝ているのも気詰まりでしょうから、良かったら仕事が出来るまで一カ月程、此処に居たらどうかしらね、医院の部屋もその頃出産する予定の方も少ないし。ただし、お部屋代は頂きますよ」

と笑って、

「女将さんに相談してみて下さいね」

と光子を見て言った。

「産後無理すると後々体に良くないですからね」

と言ってくれた。佳美には思ってもなかった有り難い話だった。初めての出産だし、今まで自分の周りでは誰も出産した人を見たこともないし、叔母の香織とはあまり会ってないので、まったく赤ちゃんの知識もないので、今は光子の助言が頼りだったが、出産後部屋に帰れば光子も旅館の仕事も忙しいから当てにすることは出来ないだろうし、佐藤医師の言葉通りお世話になりたいと光子に話をすると、

「その方が良いよ、女将さんに私からも頼んでやるよ」

と言ってくれた。

旅館の遅い夕食の後、佳美は食後の片付けをしてから、くつろいでいる唐六と久代に今日佐藤医師に言われた事を話した。

「産後一カ月程もお休みさせてもらっても良いでしょうか」

と恐る恐る聞いてみた。久代は微笑んで、

「私は子供を産んだことないけど、やっぱり産後は此処ではゆっくり出来ないと思うわよ、光ちゃんはお母さんが居ても旅館の仕事に戻ったのは大分日にちが掛かったしね、先生がそう言って下さるならお願いしたら良いと思うわよ、ねえ……」

と唐六に顔を向けた。唐六もお酒で赤い顔をしながら、

「そうだなあ」

と頷いた。

「今日も半分も仕事をしていませんので、お給料は頂けません」

「そんなこと心配しないでいいのよ」

久代は手招きをするように振って笑った。

「私もね、佳美さんの産後の事を考えていたのよ。以前家で仕事をしてくれてた人が近くに居てね、先日話をしたら一、二カ月の事なら旅館手伝ってもいいって言ってくれたので、淳ちゃんとその人、森山さんていうんだけど、森山さんが手伝ってくれれば大丈夫だから、お給料が気になるなら、その分を森山さんに払えば佳美さんも気楽でしょ。でも出産費用なんか大丈夫なの」

と心配してくれた。佳美は久代の色々な気配りに感謝して出産費用その他のことは大丈夫ですと答えた。

五月の連休も終わり、春の遅い北陸の山々の木々も若葉が繁り花が咲くようになってきた。

佳美は大きくなったお腹を庇いながら、せっせと掃除や片付けに追われていた。広い裏庭には客席に生けたり、料理に使う木や花が植えられていた。佳美は若い頃からあまり草花に接する事のない生活をしてきたので、草木の名を知らず、久代に教えてもらった雑草は抜くようにしていた。背丈程の大きな木の下に紫色の花が咲き始めていて、佳美は初めて見る花に見とれていた。

昼過ぎ頃からお腹が少し痛いような気がしたが、かがめない体で庭の草取りをしていたら、足がつりだしたので、裏から土間を通って居間に居た久代に、

「お腹が痛いし、足がつりだしたので、どうしましょう」

久代は驚いて直ぐに光子に電話をしてくれたので、昼休みの光子が急いで来てくれた。

「産まれるまでには、まだまだ時間はかかるけど、旅館が忙しくなってからでは大変だから佐藤産婦人科に行った方が安心じゃないかね」

と言って、医院に電話をしてくれた。

久代は急いでタクシーを呼んで、光子が二階から出産の仕度をしてあった荷物を両手に持って降りてきた。二人でタクシーに乗り込んだ。佐藤先生は佳美用に空けておいた部屋に通してくれた。八帖程の和室に小さなテレビと、食事が出来るような小さなテーブルが有り開け放たれた障子から、庭木の向こうに山が見えた。布団が敷いてあったので、指示通りにガーゼの寝巻に着替えて横になった。

痛みはまだまだ強いものではないので、光子は午後の仕事のために、

「痛みが五分おきくらいにならないと陣痛も来ないから、夕食をいっぱい食べてエネルギーをためなさいよ」

と言って肩を撫でてくれて帰って行った。

佳美は夜中の十二時頃に大きな産声を上げた女の子を出産した。佐藤先生と助手の加藤さんが産湯できれいにした赤ん坊を佳美の腕の中に抱かせてくれた。赤い顔をして髪の毛が黒い赤ん坊で、初めて見る我が子に佳美は涙が流れ「ひいちゃん」と小さな声で呼んだ。

佐藤先生は赤ん坊をタオルに包んで、

「目方は二八〇〇グラムで標準だし、何処にも異状無しよ、初産にしてはお産が軽かったのはよく働いていたからよ、良かったわね」

先生が笑顔で誉めてくれ、

「後始末が出来たら部屋に戻りましょうね」

と言って赤ん坊を傍らの小さなベッドに寝かせた。

暫くして加藤さんに連れられて部屋に戻った。佳美は布団に横になると側に小さな布団が敷いてあり、やがて加藤さんが佳美が用意した黄色の産着を着せられた赤ん坊を抱いて来て寝かせてくれた。用意してあったのか、

「白湯を飲んで下さいね」

と置いて部屋から出て行った。

佳美は小さな我が子に、

「ひいちゃん、やっと会えたわね、お母さんよ、これから宜しくね」

握り締めた小さな手に触って話し掛けた。

疲れが出たのか、安心したのか直ぐ眠りについた。夜中に加藤さんがひいちゃんの面倒を見に来てくれたような気もしたが眠りから覚めることができなかった。

翌朝、佐藤先生が来られて胸のマッサージをしてくれて、赤ん坊への授乳の仕方を教えてくれたり、オムツを取り替えたりしてくれた。助手の加藤さんが赤ちゃん用のバスを持って来て沐浴の仕方を教えてくれた。

ひいちゃんは小さな手を握りしめて、ガーゼで体を洗ってもらい気持ちが良いのか、小さな口で欠伸をしたり、口をすぼめたりして、何と可愛いのだろう。何とも見飽きないことかと加藤さんと話をしながら見ていた。

ひいちゃんは体を洗ってもらいお乳も飲んだので静かに眠った。眠る我が子を見ながら、母となった幸せをしみじみと感じていた。

きっと母もこうして私に乳を飲ませてくれただろうに、短い母子の絆だったと亡き母が可哀相でならなかった。

十時頃、久代夫婦と光子が見舞いに来てくれた。部屋に入るなり、

「おめでとう、女の子だってね、朝早くに佐藤先生から電話を貰ってね、仕事が一段落したので森山さんに後を頼んできましたよ、どれどれ」

皆でひいちゃんを覗いて、

「まあー色の白い子だね、赤ちゃんが赤いのは色が白くなるって聞いたわよ、うーん、切れ長の目は誰に似たのかしらね、おちょぼ口して」

久代はひいちゃんのほっぺをちょっと押した。唐六もうしろから嬉しそうに目を細めて覗いている。光子が、

「赤ん坊って本当に可愛いね、そんなんで私も五人も産んだけど」

とゲラゲラ笑った。

五月の暖かな日だった。まるで一家が集まっているような安堵感に包まれていた。絶対にこの子には私のような寂しい人生を歩ませたくない、何としても私が守らなければと心に誓った。

女将の久代が、

「ひいちゃんの名前を付けなければね、佳美さんどんな名前を考えているの」

と聞かれた。

「ひいちゃんと呼んでいたのは、お日様のように暖かくて明るい人に育って欲しかったので、日向子《ひなこ》にしたいと思うんですが」

と言うと、久代は日向子を抱いて、

「日向子ちゃんね、可愛い名前だわね」

と言ってくれた。

唐六も光子も頷いて、

「日向子ちゃん」

と呼びかけてくれ、まるで一家中で名前を付けたように「小室日向子」と命名をした。

光子が早速役場に行って、出生届を出してきてくれた。

体も日に日に元に戻ってきて、三時間ごとの授乳も慣れてきた。自分の乳房から喉をならして無心に飲む我が子を見て、女としてこれ以上の幸せなことはないと、日向子のお尻をやさしくたたきながら佳美は思っていた。

助手の加藤さんが毎日食事を運んでくれたり、日向子の沐浴のお湯等を運んでくれたりと、何くれとなく世話をしてくれた。

十日程経った時に、佐藤先生が部屋に見えて、

「小室さん、お乳の出もとても良いようだけど、雪乃旅館に帰ると仕事があるでしょ、三時間おき、四時間おきの授乳は仕事中には出来ないと思うので、忙しい時はミルクにしたらと思うんだけどね、光子さんもそうしたのよ。ミルクは作るのは面倒だけど、女将さんでも飲ますことが出来るから、どうかしらね」

と話してくれた。

昼間の休み時間と夜中は乳を飲ませることは出来ても、仕事中日向子を泣かす事は出来ないと思い、

「そうですね、ミルクも飲めるようにしておかなければなりませんね、ミルクの作り方を教えて下さい」

と頼んだ。その日の昼から早速ミルクを作って飲ませてみた。

もう母親の肌に触れて乳を飲むことに慣れたのか、ほ乳瓶の乳首を口に入れると、少し顔をしかめて舌で押し出したりした。しっかり胸に抱いてほ乳瓶の乳首を何度も口に持っていきながら、佳美は小さな声で、

「お母さんのおっぱいよ、飲みましょうね」

と優しくお尻をさすった。日向子はしぶしぶミルクを飲み始めた。

言葉が分かったのかしら、と思いながらも、ミルクを飲む日向子が少し可哀相になったが、二人で幸せになるためには、この子には少し厳しく育てなければならないと思った。

六月に入って暑さを感じるようになってきた。

毎日のように十時頃になると久代とか光子が、お菓子や果物を持って日向子の顔を見に

来てくれた。たまに唐六も笹だんご等作って久代と二人で見に来てくれて、こんな顔したとか笑ったとか言って、手馴れない抱き方で首のすわらない日向子を愚図らしたりして楽しんでくれ、本当のおじいさんおばあさんのように笑ってくれるのが佳美には一番楽しい一時だった。

もう佳美の体も元以上に元気になり、日向子も昼間のミルクも上手に飲めるようになり、夜の母親の乳房から乳を飲めるのをまるで楽しみにしているように眠りながら、時々急いで吸うのを佳美は愛しく日向子を胸に抱いた。

約束の一カ月になる日が来たので、旅館に帰ることになった。前日に身支度をしておいたので、朝食を運んでくれた加藤さんにも、大変お世話になったお礼を言って、病室を丹念にお掃除をした。一カ月前窓から見えていた山々の若緑も、すっかり緑が濃く見えた。

日向子を抱いて佐藤先生にお礼を言いたいので、診察の合間に中に入った。

先生はカルテを書いていて、

「ああ今日だったわね、貴女もすっかり元気になって安心してお返しすることが出来ますよ。雪乃旅館の方々も亀岡さん達もとても良い人達だから心配はないけど、仕事が忙しいから日向子ちゃんに気を付けてね。診察日でなくても、何かあったら直ぐに此方に来て下さいね。まだ一カ月だけど、動くようになると危ないですから、皆さんに協力してもらって、何でも相談したい事が有ったら電話でも良いですからね」

佐藤先生が親身になって心配してくれた言葉に温かい心が伝わってきた。

「これからもお世話になります」

涙ぐみながら深々と頭を下げてお礼を言った。

「日向子ちゃん、またね」

先生は覗いて笑ってくれた。


十一時半頃、光子が自分の車を運転して迎えに来てくれて、先生にもお礼を言って佳美の荷物を持って雪乃旅館に帰った。

一カ月程も留守にしていたので、玄関に入ると、佳美の代わりに仕事をしてくれていた、

六十過ぎの女性が出て来て、

「まあーお帰りなさい、森山里です。出産おめでとうございます。わあー日向子ちゃんですね、まあ、めんこいこと、上がって上がって」と言って我が家に招き入れるように言った。

光子が車から荷物を持って入って来た。

「二階掃除してあるから、女将さん達に挨拶したら二階に上ってきてね」

と荷物を持って二階に上っていった。

佳美は日向子を抱いて居間に入った。

驚いたことに居間にはお祝いのお料理が並んでいた。

「ただ今帰りました、仕事も休ませて頂き、無事に出産する事が出来ました。色々とお心遣いを頂きまして有り難うございました」

とまず久代に挨拶をした。厨房で忙しく料理の盛り付けをしている唐六にも挨拶をした。

久代は、

「無事に帰って来て安心したわよ。まず二階で着替えてきなさい、話は後でゆっくりね。日向子、ばあ」

忙しそうに日向子の顔を見てにっこり笑って言った。

佳美は久し振りに二階の部屋に入った。きちんと整理をしてお掃除をされた部屋に、佳美が用意してあった小さな布団が敷かれてあり、医院から持ち帰った荷物が置いてあった。

光子が入って来て、

「女将さんがね、夜は布団でも良いけど、日中は日向ちゃんを二階で一人にしておけないからといってね、家《うち》の子供のお古だけどベビーベッドが有ったから、居間に置いてそこに寝かせておけば誰かが見れるからって、今着替えたら、日向ちゃんベッドに寝かせてみたら」

と佳美が脱いだブラウスをハンガーに掛けながら言った。佐藤先生の指図かそれとも誰かの心遣いか分からないにしても、佳美はつくづくと周りの人達の愛情を感じた。

「光子さん、本当に色々とお世話になって、子供も産む事が出来ました。何とお礼を言って良いか……有り難うございました」

佳美は着替えの手を止めて、深々とお辞儀をした。

「何言ってるのよ、体に気を付けて一緒に働こうよ」

光子らしくゲラゲラ笑った。


部屋が変わったせいか日向子が少し愚図ったので着替えを済ませてお乳を飲ませた。日向子はまだはっきりと見えないだろう切れ長な大きな目を開けて乳を飲みながら佳美を見た。

こんな小さな赤ん坊でも部屋の明るさとか、匂いで部屋の違いが分かるのかと少し可笑しかった。それにしてもこの切れ長な大きな目は誰に似たのだろうかと思った。

下から光子の呼ぶ声がしたので、佳美は日向子から乳を離して、オムツを取り替えて、急いで居間に行った。

女将や唐六はもとより、亀岡の人達もほとんど座っていた。

「すみません。遅くなりまして」

と言って、光子が空けてくれてあった上座に座るように言われ、恐縮しながら座った。見ると頭の上の鴨居に「命名　小室日向子」と書いた紙が貼ってあった。

女将の久代が、

「おめでとう。今日は土曜日なので亀岡の皆さんにも来てもらえたし、これからも時々お世話になる森山さんにも座ってもらって、ささやかな出産祝いをしたいと思ってね。唐さんに料理を作ってもらってのお祝いです。亀岡の皆さんにはこれから日向子がお世話になります。私からも宜しくお願いします」

と挨拶をしてくれたので、佳美も慌てて座布団から降りて、

「まだ働かせてもらって間も無い私にこんなお祝いまでして下さいまして、本当に有り難うございます。両親を始め身内に縁の薄い私と日向子のために……本当に本当に嬉しいです。この御恩は一生忘れません。日向子は幸せ者です。一生懸命働かせてもらいますので、これからも宜しくお願い致します」

思いがけない好意に佳美は涙で声がかすれながら話し終えると咽び泣いた。抱いていた日向子も泣き出してしまった。隣に座っていた光子が日向子を抱いて立ってあやしてくれた。

亀岡の光子の父親が、

「縁有ってこうして女将さん達も喜んでくれているんだからよ、気持ちに甘えたら良いさね。日向子ちゃんのお陰で私らも御馳走になれるんだから、ありがたいこった」

と声を掛けてくれ、皆で拍手をして、

「めでたいことは一つでも多い方が良いよ。唐六さんの料理は美味しいから、戴こう」と座を盛り上げてくれたので、佳美も泣きはらした顔で唐六と久代に改めてお礼を言った。

泣きやんで眠りに入った日向子を光子がベッドに寝かせてくれて、佳美の横に座った。

「三時からお客様が来られるから、御馳走を戴きましょうよ」

佳美に促して自分も箸を取った。亀岡の子供達は合間に日向子を覗きに行って、

「可愛いね」

と口々に言ってはまた食事をして、大家族のように賑やかに食事が終わった。

唐六と久代も日向子の側に行って嬉しそうに顔を見ている。佳美も光子や森山達と後片付けをしたが、亀岡の光子の父親達一と夫の淳吉はお酒をちびちび飲みながら話をしていた。唐六はお酒を飲まずに、何時もの時間になるとお客様の夕食の仕度に取り掛かった。子供達や光子も一度家に帰った。

佳美は久代の側に行き改めて此の度のお礼を言った。久代は、

「私達も老後は二人だけの淋しい暮らしになると思っていたのに、思いがけず、貴女が来てくれて、日向子まで生まれて、こんな嬉しいことはないのよ。他人同士だからといっても、一つ屋根の下で暮らしているんだから、私達に、爺さん婆さんの思いもさせてね。そう、私一寸気になってね。光ちゃんが貴女の部屋の掃除してから降りて来て、『佳美さん、日向子ちゃんのお父さんの写真を飾ってないんですね』って言ったのよ」

佳美はドキッとした。今まで日向子のことばかり考えていたし、野辺は好きでも嫌いでもないただ淋しさゆえの肉体関係だったから、外で会った事も無いし、社内旅行でも意識

して写真に写らないようにしてきたので、写真等ないし、たとえ有ったとしても日向子の父親とは思いたくないので、飾りたくもなかった。しかし、光子の指摘通り、愛し合って結婚まで約束した人だったら、写真を飾るのは当たり前のことと気が付いた。

「そうですか。彼の写真を見るのが辛くて飾らなかったんです。でも日向子のためには父親の写真を飾ってあげた方が良いですね」と笑ってみせた。

仕事が終わり日向子を連れて部屋に帰ると、早速アルバムを出して見た。公立の高校だったので、二、三年前のクラス会の時に友達と写した写真をめくっているうちに、もう名前も忘れた男子とふざけて手を繋いで笑って座っている写真と、同じ人と歩きながら振り返って笑っている写真が出てきた。二人で座っている写真が良いと、此の写真を飾ることにした。翌日昼の休みに日向子を連れて近くの文房具店から写真立てを買ってきて、早速祖母の写真の側に飾った。そういえば父親の名前を聞かれたら……と思い写真の裏に「中村久男」と書いておいた。

日向子の幸せのためには、絶対に野辺の事は誰であっても言えないし、言ってはならないと思う反面、こうして周りの人達を欺く自分が嫌になり淋しかった。
幼い頃祖母に可愛がられた以外、誰にも愛されたり、気遣ってもらった覚えがなく、何時でも泣けるほど淋しさを肌で感じてきた過去を思うと、日向子にはそんな思いをさせてはいけないと思っても、名も忘れた人の写真と、まったく嘘の名をまことしやかに話すことが身を切るほど切なく、悲しかったが乗り越えなければならないと心に誓った。

日向子はオムツが汚れた時と、お乳が欲しい時以外は泣いたり、愚図ったりしない子なので助かった。佳美は旅館の仕事はもとより、久代達の部屋の掃除、洗濯も積極的にしたし、仕事の合間や夜には、大橋の義伯母から教わった手編みで、日向子のケープや靴下とか、また久代の半纏《はんてん》等をせっせと編んだ。日向子も風邪くらいで酷い病気もせず、ミルクや着替え等も久代や光子にしてもらい、もう大人のお風呂に入るようになった頃は、旅館の一番風呂に久代に一緒に入ってもらって佳美が湯上がりを受け取るという、本当の孫のようにして育っていった。唐六も光子に教わりながら離乳食を作って、日向子は久代に食べさせてもらう日々が続いた。

「日向ちゃんは本当に此処の孫みたいだね。女将さんや唐さんがあんなに子煩悩とは知らなかったよ」

光子が目を見張るような可愛がりようだった。日向子が佳美の腕に抱かれて二階の布団に入るのは眠ってからだった。夜中に乳が欲しくなった時に、もうあまり出なくなった乳を、小さな両手で押しながら佳美の顔を見上げてにっこり笑う時、昼間の疲れがいっぺんに消えた。

「ねんねしてね。母さんは日向子が大好きよ。ねんねんや」

と言って何時ものようにお尻をポンポンすると、安心したように佳美の胸の中で眠りにつくのだった。

もうこの地、出雲崎に来て二度目の冬を過ごそうとしていた。最初は雪にも寒い冬にも慣れない土地に、旅館という初めての仕事に加えて、悪阻こそ無いものの妊娠している体でこの先どうなるかと不安だったが、女将の久代と光子に支えられて一生懸命働いてきて、無事に出産もでき、周りの親切な人達のお陰で二度目の春を迎えるこの頃は、子育ては久代夫婦が日向子を孫のように見てもらえ、光子を始め亀岡の家族にもお世話になり、自分一人で悩むことも少なく過ごしてきた。

佳美は育った環境か、それとも持って生まれた性格か、人と話すのが苦手だったが、旅館の仕事も女将の言われることを守ってきたので、最近は接客にも自信が付いて、お客様と軽い冗談も言えるようになってきた。

以前は頼れる身内の無い身なので、節約一点張りでほとんどお化粧もしなかったが、久代に促されて口紅も付け、髪も着物に似合うように自分で結い上げるようになり、着慣れなかった着物も手早く着れるようになっていた。

近頃は旅館の仕事は光子と佳美とで出来たが、お客様の多い日は淳子が夜手伝ってくれるが淳子もそろそろ高校を卒業して長岡の銀行に勤めることが決まっていた。

久代は帳場とお客様の御挨拶に出て来たり、客室の花の生け替えは自分でするものの、あとは日向子の相手で日を暮らしていた。

日向子は春浅い頃から、はいはいが大分速くなってきたので、久代は居間から出ないように、光子の夫の淳吉に柵を作ってもらったので、大人が出入りする時は、柵の錠を開けたり閉めたりしなくてはならなかった。

三月になって今では転びながらも伝い歩きをするようになって、一層目が離せなくなり、久代が一緒に居間の柵の中で、テレビ等をつけて日向子のお守をするようになっていた。

以前、佳美の出産の時に手伝ってくれた森山が、光子に相談されたと言って、二キロ程離れた保育園の話を持ってきてくれた。

何でも森山さんのお孫さんが通っていた保育園で、商家の子供達が来ていて、一歳時から預けられるとの事だった。佳美も近くに日向子が居るのは安心だが、動きが激しくなってきた日向子を、初老の久代に見てもらうのも無理になってきたと思うようになってきたので、光子と二人でその「ほのか保育園」に日向子を預けたらと話をすることにした。

最初は久代も少し渋っていたが、

「子供同士で遊ぶようになると、智恵も付くし色々な事も覚えてくるから、その方が日向子ちゃんには良いと思うけどね」と光子に説得されて、五月になったら預けることを承諾した。


四月の入園式の時に、佳美は日向子を連れて光子に付いて来てもらい、園長先生に挨拶に行った。日向子は一歳にならないうちに、よちよちでも一人で歩けるようになっていたし、大勢の中で育ったせいか人見知りもせずに、誰彼とかまわず、頭を下げて愛嬌を振りまいて、

「可愛いこと」

と言われると、にこにこ笑っていた。

一応一歳からということで、五月から入園させてもらえるようにお願いをして帰った。

九時から二時までということで、行きは唐六が車で連れて行き、帰りは佳美が車で迎え

に行くことにした。

五月に入園してからは一段とお喋りが好きになり、はっきりとは聞き取れなくても一生懸命周りの人にお喋りしたり、習ったお遊戯もよろつきながらも、手や足を上げて楽しんでいるようだった。久代も保育園から帰って来た日向子を相手に、舌足らずの歌を聞いて笑う日が多くなってきた。

「佳美さんはあまり話をしない方なのに、日向子は誰に似たのかしらね」と言ってから、少し気まずい顔をする久代に、佳美もそんな久代に気を遣わすのが申し訳なく思いながら、

「日向子の父親がとても楽しい人でしたから、似たのかしら」

と言って、その場がしらけないようにした。

日向子が保育園に通うようになり、佳美も旅館の仕事等の時間の遣り繰りにも慣れてきた。

夏の出雲崎港の花火も過ぎ、佳美は少しずつ雪乃旅館にも、出入りする人達にも出雲崎

の生活にも慣れてきた。相変わらず久代も唐六も、日向子に振り回される毎日を幸せに思い溺愛していた。亀岡の子供達もだんだん大きくなって、益々賑やかな性格の日向子とまるで親戚の子供のように行き来して、光子は末娘の達子の小さくなった洋服とか靴を日向子に惜しげもなく着せてくれる。佳美は先々の事を考えて出来るだけ日向子の為に預金をしているので、本当に助かると思い有り難く戴いて、その替わり、亀岡の五人の子供のお誕生日には、気持ちだけでもお祝いの物を忘れなかった。

忙しく働き、月日は過ぎて行った。日向子も幼児から少女のような歳になり、まだ一年生なのに背も高く成長していた。

誰に似たのかと言われるほど色白で切れ長な澄んだ目をした容貌なのに、賑やかで皆を笑わすのが得意な子供になっていた。

佳美も三十歳を過ぎて、目立つような美人でもなく、静かな性格は母子対照的な雰囲気を醸《かも》し出していたが、その静かで気遣いが出来る性格と光子の大らかで如才ない性格の二人は雪乃旅館には無くてはならない存在になっていた。

久代も七十を大分過ぎてきて、今は日向子の話し相手になったり、一緒に食事やお風呂に入ることくらいで、一緒に遊ぶ程の体力が無くなってきた。また唐六も一人では板場も辛くなってきたので、二年程前から東京で五年修行してきた二十三歳になる太一と一緒に料理の質を守っていた。旅館の仕事も佳美と光子では忙しいので、光子より少し年上の、もう子供達も巣立っている坂上智子という女性に、四時から八時まで働いてもらっていた。

何時ものように遅い夕食を食べ終わり、最近、めっきりと白髪が多くなった頭をかく切りにした唐六も、好きなお酒の量が減ってきて、飲むと座椅子に寄りかかり眠そうにしていた。そんな唐六を見ながら、夕食の後片付けをしかかった佳美に久代が話しかけた。

「佳美さん、少し話があるんだけれど」

佳美は片付けの手を一瞬止めて、

「はい、じゃあ急いで片付けてきますね」

と言って台所に立った。食器を洗い手を拭きながら居間に戻ると日向子もテレビを見ながら居眠りをしていた。

「日向子どうしましょうか。起こして二階で寝かせましょうか」

に、久代は近くに有った毛布を掛けて、

「いいわよ。聞かれても良いことだから」

と制して、

「実はね、近頃唐さんとも話していたんだけど、私ももう七十四歳になるし唐さんも七十近くになってきたのでね。自分達で体力の落ちてきていることは見ての通りなんですよ。貴女も知っての通り私達一緒に暮らして三十年近くなるけど、私は東京の外れの六郷に生まれて、母親が妹を産んだ時産後が悪くて赤ん坊をおいて死んだんですよ。父親は農家をしていたので、兄と私との三人の子供を育てられなくて、生まれた赤ん坊は人を介して貰われて行ったんだけど、父は直ぐに後妻を迎えて、その人の間にも三人の子供が出来たんで、兄も私も小学校を出て直ぐに奉公に出されて、兄は繊維問屋に行き、結局戦死してしまったけれど、私は大森の料亭で下働きとして出されて、十五、六から仲居になって、話せば長いことだけど、色々と有りましたよ。その料亭は海岸に有ったおかげか戦争で焼けなかったので、四十過ぎまで働いていてね。男だの女だのという中から脱け出したくて、その時にお世話になっていた旦那の死を切っ掛けに、貰った家を売って、唐六が新潟の出だったから、この旅館が売り出していたので、居抜きで買ったんですよ。そんなわけで私の方は身内といっても腹違いだし、ほとんど一緒に暮らしたことないし、父親が死んだのを機に縁を切ってるし」

久代はちらっと唐六を見た。

「唐六も小学校を出ると直ぐに料理屋の追い回しから、東京に出て板前の修業をして大森の料亭に来た人だから、身内に縁が無いし、私達も一緒になった時は子供の出来る歳でもなかったので、唐六は私の籍に入籍はしたけど、この旅館は私名義なので、私が死んだら唐六の物になるのよね。三十年近くも二人で生きてきたんだから財産は二人の物なんですよ」

佳美は久代が何を話そうとしているのか分からなかったが真剣に話を聞いていた。

久代は冷めたお茶を飲んで話を続けた。

「前置きが長くなってごめんなさいね。それで唐さんとも話をしてたんだけど、私が七十になった時唐六は六十五だし、そのへんで旅館を売って山側の方に安い家を買って住むことにしようとしていたのよ。だけど佳美さんが来て考えてもいなかった孫のような日向子が出来て、他人と言っちゃあ悪いけど、子供ってこんなに可愛いものかと二人で喜んでいたら、考えていた年から五年も経ってしまって」

久代は体を佳美の方に向き直って、

「佳美さんさえ良かったら、この旅館の経営を任せたいと思うんだけど、どうかしら」

久代が佳美の顔を窺うようにじっと見た。

「私達は旅館の家賃として、私の給料分を貰って、もちろん唐六の給料も私の給料も無しでね。このまま一緒に暮らしたいと思うんだけど。実際、日向子と離れる生活は考えられないのよ。私達も歳を取って厄介になると思うけども、一緒に暮らしてもらえないものだろうかしら。勿論、唐六も同じ考えよ。経営は大変だけど、家には借金も無いし、私も唐六も働ける間は働くし、このまま旅館を続けても、四人が生活するだけの収入は有るしね。先の事だけど、私達が死んだ時には佳美さんに財産をあげるつもりだけど、どうかしら」

佳美は突然な久代の話に驚いた。佳美は久代が旅館を閉めると言われたら、日向子を連れて他の旅館の仲居をすれば、日向子を不幸にすることは無いと心に決めていたのに、久代達が自分達親子をそんな目で見ていてくれたことに驚きと感謝の気持ちでいっぱいになった。今まで一生懸命働いて久代達の用事も積極的にしてきたのも、全て日向子を久代達がまるで孫のように可愛がってくれている恩返しの気持ちでしてきたことなので、どんなに我が子を可愛がってくれても、佳美は子供を餌に久代達に甘える気持ちは一切なく、従業員としての心は忘れてはならないと思って働いてきたのだった。

佳美は話が思ってもみなかったことだったので、言葉が急には出てこなかった。

久代が佳美の顔を見て、

「私達もこれからは多分貴女の世話になることが多いと思うから、ただ此の八年程、一つ屋根の下で暮らしてきて、私としては貴女の性格も少しは分かっていると思うし、また私達の性格も分かってもらっていると思うけどね。今まで喧嘩も無くやってこられたのは、これは佳美さんが従業員として接してくれて、何時でも一歩も二歩も下がってくれたお陰と分かってますよ。本当の親子の方が喧嘩するって言うからね」と微笑んだ。

「元をただせば夫婦も他人同士だから、お互いに気を遣わなきゃ生活なんかしていけないですよね。私達も他人同士だからお互いに気を遣って、話し合って、あまり一方が我慢ばっかりしては長続きしないと思うのよ。私達が無理な事をお願いしているようなら、遠慮なく断ってくれていいのよ」

佳美はその言葉に胸を突かれたような気がした。血縁が有っても、伯父や叔母とはこんな話はし合えないだろうし。実際此の地に来て周りは他人ばかりなのに、親切にしてくれて日向子が生まれてくれたお陰もあるけれど、今まで生活が出来たのは、唐六、久代夫婦とも亀岡の一家とも仲良くしてもらえ支えてくれたお陰だった。この八年は、忙しくても不満や嫌な思いは一度も無かった。他人同士だけど、思い遣りが有ればきっと幸せな家族になれるんじゃないかと。

「女将さん、本当にこんな私達で良いのでしょうか。日向子はすでにお二人をお爺さんお婆さんと思っているようですが、私の事を信じて下さってのお話と有り難く思っています。川崎や小田原には身内がおりますが、疾《と》うに付き合いは無いですし、御迷惑をお掛けするような者もおりませんが」

話を遮るように、久代が言葉を挟んだ。

「佳美さん私達も同じよ。以前にも話したと思うけど、誰でも人に話したくない事の一つや二つは有るものよ。相手に迷惑にならないなら嘘もいいだろうしね。ただ、裏切りだけはいけないって言ったはずよ。そんな身内の事は気にしないでね」

と佳美の手を握った。

「はい、有り難うございます」

何時の間にか唐六が目を覚まして胡坐をかいていた。

「迷惑な話じゃないんかい」

と冷めたお茶をすすった。

「いいえ。思ってもいなかったお話で驚きましたが、不束《ふつつか》ですが宜しくお願い致します」

佳美は一膝下がって頭を下げ、

「有り難うございます」

と言った。

久代は前々から光子にも相談をしていたようだった。

次の日の午後に唐六と二人で、光子や智子、板前の太一を事務所に集めて、

「今日は仕事の前に話があります。私達夫婦も大分歳を取ってきましたので、今日から旅館の女将を小室佳美さんに任せることにしました。私も出来ることはしますし、無論、夫は板前として献立や何かは今まで通りしますが、一応旅館内外にも小室さんを雪乃旅館の女将と呼んで下さい。まあ私は女将としての仕事は譲りますが、一応大女将と呼んでもらいましょうかね」

と笑った。

「佳美さんは、女将となっても今まで通り、旅館の仕事もしてもらいますので、そのように心得ておいて下さいね。今日はこれから佐々木税理士さんが来ますから、帳簿の引き継ぎやその他の手続きをします。皆で新しい女将を中心に雪乃旅館を宜しくお願いしますね」

久代は何人もいない従業員に頭を下げた。

三つしか椅子が無い狭い事務所で立ったままだったが、佳美は身が引き締まる思いがした。

「昨夜女将さんからこの話を聞かされまして身に余ることとお受けするのに躊躇したのですが、今まで私を育てて下さいました御恩とまた日向子を孫のように可愛がって育てて下さいましたお二人のためになるのならと、お引き受け致しました。経理の方は若い頃に経験が有りますが、旅館の経営は初めてのことですので、女将さんの御指導を受けながら頑張りたいと思います。光子さん、これからも色々と気が付いたら注意して下さいね。不安はいっぱい有りますが、皆さんのお力を借りて雪乃旅館を守っていきたいと思います。どうぞ宜しくお願い致します」

深々と頭を下げた。光子が、

「頑張ろう」

と拍手をしたので皆も拍手で応援してくれた。佳美は思わず光子の手を取って、

「頼みますね」

と言いお互いに固く手を握った。


その後、佐々木税理士の先生が見えた。佳美は以前からお茶出し等して見知っていたが、久代が改めて紹介してくれた。

「小室佳美と申します。宜しくお願い致します」

「ああ小室さんですか。もう八年くらい勤めていらっしゃいますよね」

と気さくに話してくれた。久代が自分達は旅館を佳美に貸すということで、久代と唐六

の給料は無しで、旅館の賃貸料は久代の今までの給料と同額にしたいし、食事、風呂代は別途で旅館の方に支払いたいと言って、その旨を書類で契約書を作ってもらいたいと佐々木税理士に頼んだ。

「小室さん、失礼ですが金銭出納簿等分かりますか」

「はい、若い頃七年程会社の事務をしておりましたので、多少経理のようなことは教えて頂けましたら出来ると思います。算盤は三級までは持ってますが」

「ああ結構です。なら私も助かります」

と笑った。

「では長尾さんのお話しになった事を一応契約書として作成してまた参りましょう。こちらは借財が無いので簡単ですよ」

と言って帰って行った。

久代は佳美を雪乃旅館の女将として、観光協会や旅館組合等に挨拶に回るために名刺やら名入り手拭等を用意した。久代は自分の派手になった着物を全部洗い張りに出して有った中から、紋付を佳美の寸法に仕立て直してもらってあった。

数日後、久代は暦で「大安」の日を選んで、佳美と二人で紋付に正装して佳美の運転で各所に挨拶回りをした。

「さあ、佳美さん。もう貴女は押しも押されもしない、雪乃旅館の女将ですからね。任せましたよ」

久代は温かい手で佳美の手を取った。


佳美はその日から前掛けをはずして接客をした。馴染みのお客様には前もって挨拶状を久代との連名で出してあったので、わざわざ訪ねて来られるお客様も居て、唐六の料理はさることながら、久代がどれほど心からお客様へのおもてなしをしてきたか今更ながら分かり、何事においても久代に教えを請うことにした。

旅館の仕事は以前と同じようにこなし、久代のやっていた帳簿や旅館に必要な消耗品や備品の注文、また料理の食材の伝票にも目を通すことを久代に教わりながら夢中で働いた。

日向子と接する時間も少なくなったが、日向子も母親の仕事を理解しているのか、亀岡の子供達とまるで兄妹のように行き来して、相変わらず、食事やお風呂も久代としていた。

ただ寝る時だけは一緒に布団を並べているが、佳美が布団に入るのは何時も日向子が眠りについた後だった。

朝早めに目を覚ました日向子が、

「お母さん忙しいのね」

とちょっと淋しげな口ぶりで寝ている佳美の布団に入り込んで抱かれるようにまとわりついてきた時、佳美は思い切り抱き締めて、

「お母さんは世界中で一番日向子が大好きよ」

と言うと、日向子も思い切り甘えて佳美の胸に顔を埋めて抱き付いてくる時が二人の一番幸せな時なのであろうが、日向子は顔を見上げて、

「フフフ」

と笑って、

「おしまい」

体を離して早々に起きあがった。

日向子も女将となった母親に心配を掛けないようにこうして何時までも甘えていてはいけないと思っている様子が佳美は不憫と思いながらも、これが母子が幸せになれる唯一の道と割り切って働いた。


出雲崎の冬は本当に寒い。海からの強風に雪が舞い、目が開けられないような日も続いた。佳美は雪の中の運転にも慣れて吹雪かないような日には、新潟市や長岡市の旅行会社やお得意先の会社や銀行等にも、季節の物を土産に、旅館のパンフレットを持って挨拶に出向いたり、お泊まり頂いたお客様にも心を込めて慣れない毛筆で季節の挨拶状を出した。

そんなことが功を奏したのか、この頃ではお客様も増えてきたので板前の太一も唐六の仕事を引き継ぎ、もう一人新潟の料理専門学校を出た裕二という二十歳の男子を、太一の下に板前見習いとして入れることになった。

仲居も前の智子が辞めたので、また光子の世話で佐野加津子という人が働くことになった。もう子供達も独立して、夫婦と旦那の母親の三人暮らしなので、朝と夜は七時までの約束だが、裏表なく働いてくれるし、忙しい時は八時までも働いてくれるので久代も満足しているようだった。

「佳美さん、任せといてこんなこと言うのも何だけど、加津子さんも居るから、たまには休んだらどう。日向子を連れて、デパートなんかに行ったらどうかね。私も近頃は日向子を連れて遠くへは行けないしね」

久代が言ってくれた。

日向子が小学校二年生になる春休みに初めて二人で新潟のデパートに行ってみた。

もうテレビでは桜の開花の話題をしていても新潟はまだ雪が降る日も多かったが、初めてのデパートに日向子は大はしゃぎだった。

食堂でカレーライスの入ったお子様ランチを食べて、チョコレートパフェも食べて、日向子のお喋りは尽きることがなかった。

「ねえ、ばばちゃんと、じじちゃんに何かお土産を買って帰ろうね。それから亀岡のおばちゃん達にもね」

お菓子売場を覗きこんで歩いた。可愛いクッキーを見つけて、

「ピンクの袋はばばちゃんに、水色はじじちゃんにね」

と佳美の顔を見上げて、

「ね」

と首を傾げる。

「亀岡のおばちゃんの家は、えーと」

指を折って、

「大勢だね」

と佳美を振り返って見上げた。

「大勢だからこの大きな缶に入ったのにしたら」

助け舟を出すと、ガラスに顔を付けて、

「うん、色々なのがいっぱい入っているから、これが良いね」

納得した。

「日向子も欲しいんじゃあないの」

と言うと、前歯の欠けた歯を見せて、ニッと笑って頷いたので、

「じゃ、婆《ばば》ちゃんと同じのにしたら」

日向子は手をたたいて嬉しそうに笑った。

店員さんに袋を二つにしてもらい、小さい方を自分で持って、

「帰ろう」

と、さっさと先に立って歩き始めた。どっちが駅に近いのか分からなくなり、佳美は店

員さんに聞いてやっと外に出ることが出来た。

旅館に帰ったのはもう三時も大分過ぎていた。日向子は居間に走って入り、

「ただいまあ」

と久代に袋の中からピンクの袋を出して手渡した。

「お土産よ。じじちゃんは」

ときょろきょろして、厨房に姿を見つけると水色の袋を渡した。唐六もびっくりして、

「おお帰ったか」

袋を受け取った。久代が立って来て、

「楽しかったかい」

にこにこ笑って聞くと、

「うん、とっても楽しかったよ。だけどお母さんはデパートの出口が分からなくて困ってたのよ」

日向子は居間に入って来た佳美を見てニッと笑った。

「言い付けたわね」

佳美が笑いながら睨むと、

「私亀岡に行って来るね」

クッキーの缶の入った袋を抱えて外に飛び出して行った。

「今日は遊ばせてもらって有り難うございました」

久代にお礼を言って日向子の荷物を持って二階に上り、仕事着に着替えて居間に来た。

「日向子があんなに喜んでいるんだからさ、たまには二人で出掛けなさいよ。疲れたろうから座ってお茶でも飲んだら」

久代がお茶を入れ替えてくれ、さっきのクッキーの袋を開けて、

「食べてみようよ」

と言って、佳美にも袋ごと預けた。

女将になって三年程たった頃、会社とかお得意様から、同級生の集まりや、送別会が出来るかの問い合わせの電話がたまに入るようになった。

結納等七、八名の料理を出す席は出来るものの、二十名からの宴会には広い部屋が無いので、みすみすお断りをすることが多くなってきた。光子にそんな事情を話すと、

「そうだね、家《うち》の良子もホテルの洋食じゃあなくて、もっとくつろげる場所でクラス会したいなんて言ってたよ」

それとなく今時の風潮を聞かせてくれた。

佳美は今日、光子に話したような事を久代に相談してみた。

「あまり旅館を大きくするのは不安ですけど、この頃は雪乃旅館の料理が美味しいと言って下さるお客様が増えて、送別会やら、クラス会が出来るように、今の部屋に続きの間を増築すると二十名様くらいなら、お引き受け出来るのですが、お母さんどう思われますか」

と尋ねてみた。久代は少し考えてから、

「そうね、元々唐さんは東京の悟空楼という大森一番の料亭で花板までやってきた人だから、お陰で今まで続けてこられたと思うのよ。今は太一も唐さんの料理が出来るようになってきてるし、裕二も居て二十名くらいの宴会料理は出来ると思うし、宿泊のお客様を増やさなければ何とかなるでしょ。一応唐さんに相談してみるけど、今までも修理はしてきたけど、旅館も大分古くなってきたせいもあって、近頃は銀行から融資する話を持ってきてくれるけど、今までは私達で辞めて売るつもりだったから、借金してまで旅館を大きくするつもりが無かったのよ」

久代は一息ついて、

「これから佳美さんが経営して私達も此処で住み続けるとなっても、建て替えは借入金がそうとうになるから私は反対よ。だけど部屋の増築だったら、そのついでに少し中を改装するのはどうかしらね。お風呂場も大分傷んでいるし」

と提案した。

「そうですね。お母さんも帳簿を御覧になると分かるようにここ一年程は大分黒字ですし、さっきも話したように宴会とか結納なんかが出来ないかと、お得意様を通しての電話がずい分有るんです。お父さんの返事を頂いたら、亀岡さんに見積もりしてもらいましょうか。銀行の返済が可能な金額も計算が出来ますし」

佳美が立ちかけると、久代が止めるように話しかけた。

「ねえ、私達もこれまで頼れる人は居ないので、此処を売っただけでは老後の生活は出来ないと思って、少しは貯えも有るから。それとこの建物は私名義だから、私が出すことにするわよ。大家だもの。今、テレビでバブルだとか言って銀行もお金貸すって言ってくるけど、利息高いのよ。私が融通できる範囲で増改築したら、その分月々の家賃を上げてもらうから、それで良いじゃないの。老人二人食べさせてもらえば、後は年金で生活できるしね。先の事になるけど私達が死んだら、佳美さんに全部相続してもらうつもりで唐さんとも話しているのよ。日向子が受け取るように保険にも入っているし、でも日向子は佳美さんが頼りだから、体だけは気を付けてね。旅館を大きくするのも良いけど無理しないでね」

久代はしみじみと言った。

立ちかけた佳美は座り直して、

「お母さん、淋しいこと言わないで下さいよ。涙が出ちゃうわ。いつも私達のこと心配して下さってありがたいですけれど、元気出して下さいね。きっとですよ」

すっかり老けてきた久代の前に座って言い含めるように言った。

久代が淋しさをまぎらわすような笑い顔で、

「日向子もあと十年程で成人式だから佳美さんそれまでは無理をしないでね。今夜のことは唐さんに聞いてみるし、亀岡さんにも見積もり出してもらって、借り入れをしなくてよい金額なら工事をすれば良いわよ」

「じゃあ、この話はお母さんにお任せしますね」

その夜は話をそれまでにした。

数日後、光子の亭主の淳吉が家の中を見に来てくれた。

「近頃は見栄えが良くて安い材料も出てきているからね」

久代が旅館を買った時、光子の父親達一に改築してもらったという風呂場や洗面等も見て、一階の広い庭に面した八帖に八帖を増築するのと、予算が有ればお風呂とトイレを付けた部屋にしたい等と話した。久代が、

「二代にわたって直してもらうなんてね。宜しく頼みますよ」

とお願いすると、淳吉は、

「やっぱり風呂場や洗面なんか水回りは二十年もすると傷んでいるしね。水回りだけでも早く直した方が良いよ」

と久代に言った。

「八帖の増築分と、水回りの修理は別に見積もりを出してみるかね」

淳吉は曲尺《まきじゃく》を当てがったり、水平で歪みがないかと部屋や外を見て歩き、帳面に書いていた。久代が、

「じゃあ見積もりを見て税理士さんとも相談してみるので、悪いけど見積もり早めに作ってもらえるかしらね」

と淳吉に頼んだ。

「ああ、分かったよ。旅館を休まないように風呂も片方ずつすれば良いしよ」

淳吉は丹念に見て回った。

「夏場の内に仕事始めなきゃな、大工仲間に頼んで大勢で短期間で終わらせるから安心してくれな」

「そうしてくれれば助かるわよ。宜しくね」

久代も親しい淳吉に頼んだ。


二日後、淳吉が見積もりを持ってきてくれた。

「まあ風呂場は土台がしっかりしているから、タイルの張り替えっていっても昔のようなモザイクなんかじゃなくて、掃除のしやすいタイルに似たのが有るし、檜の風呂も、本当の檜は高いから、風呂だけは檜にして、周りは和風木目の物に張り替えれば、ざっとこんな金額になるし、まあこれが水回り分」

何枚か綴った見積書を置いた。

「こっちが増築分で」

とすこし厚い見積書を出した。平面図と各々の方向からの図面が書かれ、寸法が書いてあるのを久代の前に見せて、材木や窓サッシ等、また、風呂場やトイレ等も詳しく書いてあり、合計金額が書いてあった。

「有り難うね。淳吉さんだから本当の事言うけど、この金額なら借り入れしないで何とか間に合うわ。早速税理士さんと相談して返事しますよ」

久代は淳吉に手を合わせた。淳吉は笑って、

「大女将に拝まれちゃしょうがないよな」

冗談を言って帰った。

久代は早速佐々木税理士に増改築の話を電話したが、何の問題もないということで、早速工事に掛かってもらうように淳吉に頼んだ。

夕方淳吉が来て、

「余計なことを言うようだけど、近頃はホテルに泊まる人達も多くなってきたから、風呂やトイレの付いた旅館を望むようだよ。なあ佳美さんなんか旅行会社回ってるから言われないかい。増築する部屋の二階の部屋も通し柱を立てれば同じように二間続きでバス、トイレ付きが出来るよ。まあ設備費は掛かるけど、大した金額にはならないからさ。先の事を考えたら一緒に工事したらどうだろうかね。増築分もう一度見積もってみるけどね。そっちの支払いは何時でも良いよ」

淳吉は腰のキセルを出してマッチで火をつけた。久代は灰皿を出しながら、

「淳吉さん、良いキセルだね、銀かね」

「ああ、これは宮大工をしていた爺さんの形見でね。キザミ煙草じゃなきゃ、紙で巻いたんざ、紙臭くってね」

片手でキザミ煙草をキセルの雁首の大きさに丸めて、火のついた煙草を左手に落として、丸めた煙草を雁首に入れて、さっきの掌の火をキセルの雁首に載せて、また煙草を吹かした。

「器用だね。熱くないのかい」

久代はその仕草に見入っていた。

「まあ慣れかね。ああ、すまないね」

佳美がビール瓶とグラスを持って来て冷えたビールを淳吉の持ったグラスに注いだ。

「この旅館を買った時は、まだ水洗じゃなかったからこの造りで良かったけど、二階にもお風呂、トイレ付きの部屋が有ったほうが、お客様も喜ぶわね。どうしようかね佳美さん。支払いは大丈夫だから」

久代も乗り気になっていた。

佳美も雪乃旅館は久代の物だし、お金も出すと言うので、何とも言えなかったが、古い旅館の趣は大切と思いながらも、確かに各部屋バス、トイレ付きが好まれる時代になっているのは事実だった。

「お母さんさえ良ければ、バス、トイレ付きの部屋にしてもらえましたら旅行会社にも話しやすいし、客筋も良くなると思いますけど」

久代の顔と淳吉の顔を見ながら言った。

「じゃあ、そうしましょう。淳吉さん頼みますね」

淳吉も笑顔になって灰皿に煙草の灰をポンと叩いて腰のキセル入れにキセルを収めて、立ち上がった。

翌日夕方に淳吉が新しい見積もりを持ってきたのを久代が佳美に見せてくれた。バス、トイレ、洗面台の他、色々と書かれていたが驚く程の金額ではないので佳美もほっとした。


旅館の工事もお客様がお帰りになった時間帯から始まった。淳吉の工事は段取りが良く、鋸や、ほぞは自分の仕事場でしてくるので大工数人とで、あまり大きな音も出さずに、木組みをするように工事が進み、水回りは別の工事人と大工で同時に進められて、三時には仕事を終わらせてまた翌日に仕事を始めるので、まったく旅館を休まずに出来た。

七月になって長岡の花火の日は、淳吉も仕事を午前中で止めて、七人乗りの仕事の車に、亀岡の両親、長男の一泰、末子の達子と久代と日向子が車に乗って出掛けた。淳吉が手掛けた川辺の家が新築して初めての花火で呼んでくれたとかで、賑やかに車は出た。佳美も先方様にと、お酒一升と大きなスイカを二個言付けた。唐六も重箱のような物を風呂敷に包んで亀岡まで持って行った。太一が、

「大女将と日向ちゃんが出掛けちゃうと火が消えたように静かですね。先方さんは大勢来てびっくりでしょうね」

と笑った。

夜遅くなって久代達は帰って来た。日向子は疲れと眠いのとで何時ものお喋りもなく、直ぐに眠ってしまった。

夏も終わろうとした頃に旅館の工事は無事に終わり、畳も全部張り替えられ、唐紙も張り替えたので旅館が甦ったように明るくなった。

増築した部屋は思ったより大きく見えて、襖を開けて脱衣所に全面大きな鏡が張られた洗面所が有って、風呂場とトイレが両側に有る造りになっていて、脱衣所の床《ゆか》は竹の面を編んだ素足にもやさしい感触に、久代も満足そうに見て回り、

「やっぱり新しいのは木の香りも良くて気持ちがいいわね」

振り返って佳美に話した。一緒に付いて回っていた光子にも、

「光ちゃん本当に有り難うね。亀岡さんには何時もお世話になるばかりでね。淳吉さんに改めてお礼に行くと言っといてね」

久代は本当に嬉しそうに言った。光子も、

「やっぱり木の香りは良いね。家なんか紺屋の白袴で、直さなきゃならない所ばっかりで」

何時ものように屈託のない顔で大笑いした。

佳美は工事の間に旅館が少し大きくなったのと、今までは何かと旅館の仕事を手伝って

くれていた久代が、口には出さなくても工事が始まったあたりから、腰が痛いのか柱や戸に掴まるようになり、腰を叩いたりするのを見かけた。久代も七十五を超える歳になり、若い頃から無理をした体だから、これ以上旅館の仕事を手伝ってもらうのは無理と考えて、従業員を増やすことにした。といっても旅館は朝が早く、昼休みが長く、また夜の仕事が有るので、通勤に時間が掛かる人は無理だし、久代が話していたように若い人は、長岡や新潟に出てしまうし、年齢も四十〜五十歳くらいの人でなければ、旅館の仲居として働けないと色々と悩んだ末、思い切って、朝六時半から十一時半までの五時間と、午後は四時から八時までの四時間のパートにしたらと思い付いた。

早速光子にその事を相談してみた。

「そうだね、二部制にすれば働き易いしね。でも歩いて通える方が良いし、車で来ても近い方が良いから、お金は掛かるけど、新聞にチラシを入れてもらったらどうかね」

と賛成してくれた。

「加津子さんもあまり休まないし、休めないのかしらね、よく働いてくれているけど、この先、姑さんなんか年寄りをかかえていると休みが欲しくなるかもしれないし、無理の無いように、一部も、二部も三人雇って、週一、二回は休みの日を作ったらと思うんだけど、どうかしらね」

佳美は久代の事を思い出しながら言った。

本当に今まで、自分を含めて光子も加津子も長く休まなければならない病気をしなかったのは好運としかいえなかった。

光子も五十になって、疲れた時は次女の良子や三女の妙子が代わりに来てくれたこともあった。

お母さんが腰の痛いのを押して手伝わないように仲居の段取りをしなくては、と佳美は思って早速光子と話した二部制のパートの話を久代にした。

パートと聞いて、当初はあまり良い返事をしなかったが、

「御時世かね……良い人が来るといいね」

と言ってくれた。

佳美の性格として、決めた事は早くしなければ気が済まないので、久代の承諾を得ると、最近買ったワープロで折込広告を三百枚程作り、何時も新聞を取っている新聞屋に募集広告の折り込みを依頼した。

さすがに光子も、

「若いって良いね。こんな広告まで作っちゃってさ。どんな人が来るかね」

楽しそうに広告を眺めて感心していた。


折込広告を入れてから、二、三日経った頃に電話の問い合わせが入り始めた。まずは工事中ながら旅館を見てもらい、居間でお茶と和菓子を出す。人柄を見てもらうのは久代に任せた。久代が常々、

「育《そだ》ちや人柄を見るには物の食べ方で分かるんだよ」

と言っていたからだ。その後簡単な履歴書を見せてもらって、旅館の仕事の内容を話して、工事が終わり次第もう一度来てもらうことにした。働く時間が短いせいか友達同士と

か、色々な人が来たが、相手から断ってくる人もいたが、何とか希望の六名が決まった。

久代が、

「年齢からしても、なかなか良い人達が見つかって良かったわね。それにしても皆さんが旅館の仕事は初めてだし、二部制にしたから毎日会うこともないから、最初の日は十二時に集まってもらって、今度の六人の人達と私達夫婦、佳美さん、光子さん、加津子さんに、板前の太一と裕二、部屋にいっぱいになるけど皆で軽食で顔合わせをしたら良いんじゃないの。その後三時まで光子さんと加津子さんが旅館の中を見せながら仕事を教えたらと思うし。佳美さんも皆に話す事が有るだろうしね。そんな段取りにしたらどうかしら」

佳美は話を聞いて大賛成した。

「そうですね、一回一同に集まると顔も分かるし、太一さん達には世話を掛けますが、出来たら軽食でも、結納等にお出しするお膳で食事をしたらどうでしょうか。今頃は一人ひとりのお膳では食べることもないでしょうから」

「そうだね。そうしようね」

話はまとまった。

工事も完全に終わり、朝から仕事と今日集まるための仕度で忙しかった。十帖の部屋に十三名が座るので座布団が重なるように敷かれて、大女将の久代と近頃は大将と太一達が呼んでいる唐六が座り、パートの人が六名並んで座る。今日だけは太一も裕二も先に座っていた。光子と加津子と佳美が軽食の載ったお膳を運び出して、各々の前に置いて一礼する、という少し畏まった仕草に、六人のパートの人達も太一も裕二も硬くなっていたが、佳美達もそれぞれ自分のお膳を持って座ると、佳美が口火を切って挨拶をした。

「今日から雪乃旅館で働いてもらう人達に集まってもらいました。気持ちだけの食事ですが、召し上がって下さいね。その前に紹介します」

六名のパートの人達に、大女将、大将、太一、裕二と紹介して、

「申し遅れました。私が女将の小室佳美です。宜しくお願いします」

光子と加津子も自己紹介して、六人のパートの人達もそれぞれ自己紹介をしてから食事

になった。

改めて一同に集まると大人数なことを実感して、佳美はこれから雪乃旅館を守るために、営業をしっかりしなければと思った。

食事の後は三時までしか時間が無いので、光子と加津子が旅館の仕事を教えるために席を立った。歩きながら、光子の大きな声が聞こえてきた。

「お客様は一、二泊で帰られますので、お掃除も自分の家のような掃除ではいけませんよ。汚い所が有ると旅館の印象がお客様にそのまま残りますから、隅から隅まで掃除します。ゴミは中心から隅へ移動しますから、床の間の隅、洋服ダンスの隅、汚い所は綿棒をこのように濡らして……擦りますよ」

真剣な声で説明している光子の様子に、久代と佳美は感心しながら顔を見合わせた。

六人の人達が帰った後、光子が、

「私や加津子さんは慣れているから良いとしても、今度入った人達はそれぞれの時間帯での仕事だから、もしお客様から苦情が出た時に、誰が担当していたかが分かるように帯にでも名札を付けてもらったらどうかね」

と言い出した。佳美も今までとは違い従業員の出入りが複雑になるので、出勤簿を付けなければ時給の計算が無理だと思っていたので、

「そうね、帳場に名札《なふだ》を置いておいて、出勤時に付けてもらって時間を書き込む。帰る時には元の場所に名札を戻して終わった時間を書き込むのも一案ね。それと厨房と帳場の間の壁面に白板を取り付けて、横に部屋の名前と縦に日曜から土曜日を書いて、お客様が決まり次第お名前を書いて、下に午前、午後の担当者の名前を書くのはどうかしら」

佳美が提案した。

「それが良いよ。毎日私はどの部屋ですかあ。……なんて聞かれたら仕事にならないからね」

光子も賛成してくれて、

「名前も本名じゃなくても、お客様の覚えやすい名前か、自分の好きな名前にしても良い

んじゃない。例えば『さざえ』とか『ぼたん』とかさ」

光子が楽しそうに喋っている途中から、加津子も加わって、

「私も名前を変えたいわ」

と話がおかしくて、少女のように笑い合った。

夜、久代にその話をすると、

「まあ、私達の頃は住み込みが普通だったけど、今は昔と違って働き方もまちまちだから、佳美さんに任せますよ。第一はお客様に気持ち良くお泊まり頂くことだから、佳美さんの役は従業員が一つの家族のように諍いなく楽しく働いてもらうことに気を遣ってね。困った事が有ったら何時でも私に話しなさいよ」

と言ってくれた。


そして、一息付いて久代は話しだした。

「この前も話したように、私が七十を迎えたら旅館を売って、小さな家を買って老後は唐さんと二人で暮らす予定にしていたけど、考えもしなかった佳美さんと孫のように可愛い日向子と暮らせて、離れて暮らすことが出来なくなってね」

久代は涙ぐんでいた。

「私達の勝手で佳美さんが旅館を引き受けてくれて、引き受けたからには黒字にしなければと頑張ってくれて、申し訳なく思っていますよ。頼んでおきながらこんな事言うのはいけないと分かっているけど、お互い母親が生きていたら、苦労はしなかったのにと思うと、そりゃあお金は大切ですよ。佳美さんも日向子の事考えて倹約しているようだし、旅館を黒字にしようと一生懸命に働いてくれていることはよく分かっていますよ。そんな真面目な人だから私達も信用していて任せたんだけど、でも私達も貴女も日向子も食べていければいいんだからね。この前も話したけど、万一の時の為に日向子が受け取る保険にも入っているし、これから頑張ろうとしているのに水を差すようだけど、佳美さん、日向子にとって一番大切なのは母親の貴女なのよ。体を壊してでもしたら日向子が不幸になるだけだからね。佳美さんはまだ若いから無理をしても大丈夫と思っているだろうけど、本当に体だけは気を付けてほしいんですよ。日向子が結婚するまでは親として見守ってやらなければね。これから従業員も多くなって気疲れすると思うけど、旅館の掃除や雑用は皆に任せて、せめて休み時間は部屋で体を休めたり、たまには日向子と気分転換に出掛けたりした方が良いと思いますよ。光ちゃんに帳場のことも任せられることは任せて、今までも色々と相談してきたようだから、私からも光ちゃんに頼んでおくからね。

そうだね、丁度これから新しい人達の仕事の割り振りをするんでしょ。正式に光ちゃんを貴女の助手にしようよ。私から払っても良いから少し手当も付けてあげれば本気を出してくれるかもしれないから、そうだ佳美さんにも名刺を作ったから、光ちゃんにも佐々木税理士に話して何か役名を付けてもらってさ、名刺が良いわね」

久代は思い立ったように目を輝かせて言った。

佳美は久代が自分達親子の事をこんなに思ってくれていることに感謝しながらも、自分が死んでしまったら日向子がどうなるか、考えただけでも恐ろしくなった。お金さえ有ればと思ってきた自分の考え方に、久代の話に目が覚めたような気がした。

「お母さん、本当にそうですね。一生懸命働いてきたのも全て日向子の幸せを願ってのことだったんです。誰も頼る人が無ければ、お金だけに頼らなければと預金をしてきました。お陰様で体が丈夫だったので今まで寝込む事もなく過ごして来ましたけど、日向子のためにもこれからは私も体を大切にしてゆきます。ご心配を掛けてすみません」

しみじみと生きるという辛さを考えた。


翌日久代は佐々木税理士に電話をして、名刺の件を相談したようだ。

「まあ、旅館内のことですので、どういう肩書きを付けられても経理上何の差し障りはありませんが、長尾さんが自分のお金を出すことはいけません。それは旅館からの給料の中で役の名目で支払わなければなりませんよ。その旨小室さんに話して下さい。まあ小室さんは分かると思いますが、名刺を作る件は副女将とでもしたら柔らかく聞こえますよ」

佐々木税理士の答えだったそうだ。

久代は佳美に、

「光ちゃんを副女将、亀岡光子として名刺を作ったらどうかしら、ついでに加津子さんの呼び名を仲居頭として、胸の名札に書いたらどうかしらね」

と言った。

「こんな小さな旅館で役名ばっかり付いて、おかしいけど、皆のけじめになるかもしれないね」

と微笑みながら居間に入りかけて転びそうになったのを、佳美が慌てて腕を掴んだ。

「やだね」

佳美に掴まって、

「有り難う」

と腰を伸ばした。

「お母さん、気を付けて下さいね」

久代は黙って頷いた。

朝食後に来た光子に名刺の話をすると、キョトンとした顔で、

「やだ、私が副女将ですか」

例のように大声で笑って、

「私名刺なんて作ってもらうの初めてだけど、使うことあるのかね」

首を傾げながら仕事を始めたが、満更でもない様子だった。

佳美は昼休みに光子の名刺を頼みに行き、皆の安全ピンの付いた名札を買ってきた。


月の初めから、パートの人達での午前の部と午後の部が働き始めた。

パートの人達も仕事のやり方にも少しずつ慣れてきたが、光子と佳美は不意打ちのように各部屋の片付け方や細かい所の掃除の点検をしながら旅館の清潔と品位を心掛ける姿勢を、皆に教えていた。加津子も「仲居頭、妙《たえ》」の名札を付けて、総責任者として、家庭の掃除とは違うことを皆に浸透させてくれた。

秋を迎える頃には光子も佳美も休める時間も出来て、旅館の予約も順調に入り軌道に

乗ってきた。

佳美は久代の言う通り役目はその人を作っていくのだと、副女将となった光子や仲居頭の加津子の気働きを見てつくづくと思った。


「ただいま〜」

と慌ただしく日向子が居間に入って来た。

「お帰り、どうしたんだい」

久代が驚いている目の前に紙袋を差し出した。

「これさっき広子ちゃんに貰ったの」

とテーブルの上に置いて、中から透明なプラスティックのケースに入った高さ五センチ程の、東京タワーの模型を出した。

「おととい、お母さんと東京のおばさんの家に行ったんだって」

佳美が二階から降りて来て、

「お帰り、それどうしたの」

と聞いた。日向子は堰を切ったように久代に話したことを言った。

「広子ちゃんて、誰なの」

久代が、

「あら、九月から転校して来た子でね。少し先の大きな松が有る川上さんちの孫でね。息子さん東京の大学出てそのまま東京の銀行に勤めてたけど、今度新潟の副支店長になったとかで、実家に帰って来たのよ。広子ちゃんのお母さんも何処かに勤めていたけど、仕事の都合でやっと八日に広子ちゃんとお姉さん、何て名前だったけね」

日向子に聞くと、東京タワーを見ながら、

「悦子」

「その悦子ちゃんと四人で川上さんちに同居することになってね」

卓袱台に肘をついて腕に顔を乗せて東京タワーを眺めていた日向子が、

「私も行きたいなー。東京タワー、エレベーターで上るんだってえ。富士山が見えるっ

て」と言ってから、袋の中から菓子箱を取り出して、

「これじじちゃんとばばちゃんにね」

と箱からお菓子を半分置いて、東京タワーを袋に戻すと、さっさと二階に上って行った。

「ねえ、少し仕事が落ちついたら東京へ連れて行ってあげたら。新幹線だったら一泊すれば東京タワーだって、上野動物園だって見せてあげられるからさ」

と久代が言った。


十月になって山の景色も紅葉の時期を迎えて美しくなってきた。

日向子は学校の遠足やら、亀岡の人達と一緒に良寛堂、出雲崎代官所や出雲崎大祭等、出雲崎から柏崎、弥彦神社にまで毎年のように中学生になった達子の妹のように彼方此方と連れて行ってもらっていた。

久代もこの地に来てから旅館が忙しくて、必要な所にだけしか行ってみたことがないようだったし、佳美も此の地に来て十年余りになるが、車で用事がある所だけしか行ったこ

とがなかったが、一度だけ日向子が、

「夕陽がきれいだよ」

と言うので、旅館の忙しい時間に久代と良寛堂から佐渡島を見に行った。

人なつこい性格と好奇心の強い日向子は、亀岡のおばあさんサキの老人会の人達のお寺巡りにも孫のような顔をして付いて行くのも楽しいらしくて帰って来ると忙しい佳美にではなく、ゆっくり聞いてくれる久代に全部話しているようだった。

佳美は、雪乃旅館を守るために日向子の運動会も久代に頼んでおり、日向子もそれを承知しているのか愚痴一つ言わなかった。ただ、年一回の担任の先生が家庭訪問に来られる時に、ゆっくりと先生と話をすることが出来た。

「小室さんは明るくて、教室の皆を楽しくしてくれるお子さんですよ」

と、どの先生にも成績より性格を誉められた。

旅館の予約もほぼ満室の日が多く、またクラス会等の予約も入り忙しい日々だったが、光子と加津子が、白板を使って部屋の担当を巧く決めるせいか、あまりトラブルも無く、厨房との取り次ぎも間違いなく仕事が出来ていた。

佳美は忙しい時も昼の休みは出来るだけ二階で足腰を休めて、午後の仕事に専念できるようにしていた。

佐々木税理士も月一回は来て、黒字の経営を誉めてくれ、相談にも乗ってくれるので、佳美は安心して仕事が出来た。

日向子は学校から帰ると直ぐに広子と一緒に宿題をすると出掛け、夕飯頃には帰って来て、久代と一緒に食事をしたり、お風呂に入ったり、テレビを見たりしていたが、近頃は久代と一緒にお風呂に入る時に、

「婆《ばば》ちゃん腰が痛いから湯舟に入る時は、手を貸すのよ。気を付けてあげてね」

佳美が念を押すと、

「分かってる」

と当然のように言って、久代の着替えを持って行くようになっていた。

考えてみると、物心の付いた時から久代の側で育っているので、自分以上に久代の事を分かっているのだと、人なつこいのはお婆さん子のように育っているからなのかと思った。

日向子には四年生になっても、人手が有るので食事の後片付けをさせたことがなかったが、自分が大橋の義伯母に色々と家事をさせられたことが、大人になってから掃除や食事の後片付けも苦にならなかったことを思うと、せめて日曜日だけでも自分の部屋の掃除とか洗濯物を干したりするのを教えながら一緒にするように心掛けるようにした。

裕二達が女性と二人一組になってお客様の布団を延べ終わってから、各部屋に光子や加津子がポットを持って行き、夜の挨拶が終わると、帳場に寄って帰って行った。

佳美はチラッと時計を見ると八時を少し過ぎていた。今日の帳簿の後片付けをしていた時、二階の「楓の間」から電話が有った。

「ちょっと頼みたい事が有るんですけど」に楓の間に伺った。

「カバンを見たら家内が明日の下着一揃い入れ忘れてましてね。明朝は早いので買いに行く時間が無いのですよ。申し訳ないが買って来てくれませんか」

と買い物のメモとお金を渡された。

「分かりました」

メモを見て、

「同じ物が無くても宜しいでしょうか」

「ああ良いですよ。M寸です」

佳美はメモとお金を預かって部屋を出た。

お客様の用事で出掛ける旨を、居間に居た久代に話してから、夜なので行き付けの洋品店に電話を入れておいてから、車で海の方の店に行った。洋品店の主人が一枚だけシャッターを上げて待っていてくれたので、メモに書いてある下着や靴下を買って、領収書を貰い、

「遅くに済みませんでしたね」

と店主にお礼を言って店先に停めてあった車に急いで乗ろうとした。

「あ!! 佳美、佳美じゃない」

突然男性に声を掛けられて、驚いて車の前方に立っている四十くらいの男性を店の明かりでよく見た。確かに見覚えのある顔だが、お客様なら、自分の名前は呼ばないし、

「はい、失礼ですがどなたでしょうか」

「やっぱり、俺、大橋昭一だよ」

と笑って近づいて来た。老けてはいたが確かに従兄の昭一だった。

「暫くだね。本当に暫くだ。元気そうだけど、何でこんな所に居るの」

昭一は真顔になって聞いた。

「驚いたわ。お兄ちゃん、伯父さんに似て来たわね。確か私が川崎のアパートに越した時に会ったきりだから、もう十五年くらいになるかしら。よく私のこと分かったわね」

「やあ、横顔が何か佳美に似ているなーと思って声を掛けてみたんだよ」

「お兄ちゃん、仕事で来たの」

「ああ」

と頷いて旅行カバンを見せて、

「佳美、今何しているの」

洋品店のシャッターが閉じる音がした。店の前の外灯と車のライトの光で、

「私この近くの旅館で働いているのよ」

紙袋を見せて、

「お客様の用事でこの洋品店に買いに来たところなの」

「そうか。それにしても奇遇だね。驚いたよ。少し話がしたいな」

昭一は周りを見回した。

「そうね。でも今お客様の品物をお届けしないといけないから、少し待っててくれる」

佳美は腕時計を光に透かし見て、

「九時頃になるけど、いいかしら。この先五分くらいの所に『スナック・ラン』というお

店が有るから待っててくれない」

「分かった。旅館に会社の仲間が居るから、カバンを置いてくるよ。『ラン』だね。待っているから。じゃな」

と急いで立ち去った。佳美も車に乗って雪乃旅館に帰り、車を車庫に入れて、急いで「楓の間」のお客様に買ってきた物をおつりと共に渡した。

「これで宜しいでしょうか」

「すみません、助かりました」と言われて、早々に部屋を出た。

障子を開けずに久代に声を掛けた。

「ただいま帰りました。『楓の間』お客様に品物を渡して来ました」

「遅くまでご苦労様だったね」

久代が障子を開けて出て来た。

「今、洋品店の前で川崎の伯父の長男の昭一という従兄に偶然会って、これから『スナック・ラン』で少し話をしてきたいのですが、宜しくお願いします。玄関の錠は閉めて行きますから」

「そうなの。帳場の電話は居間に切り替えておくから、気を付けて行きなさいね」

の声に返事をしながら時計を見た。歩いては九時に着けないと思い、帳場から使い付けのタクシー会社に電話をしてタクシーを呼んだ。

「スナック・ラン」の戸を開けると昭一が奥の隅に此方を向いて座っていて、佳美を見ると、

「オッ」

と手を上げた。

川崎で一緒の家で十年も暮らしていたのに、五歳年上の昭一と外で会うのは初めてだった。

「待たせたわね」

佳美は向かいの席に座った。水を持って来たウェイトレスに、

「私も水割り下さい」

と頼むと、

「飲めるの」

「まあお付き合い程度にね」

と軽く笑いながらお絞りで手を拭き、

「何だか変ね。お兄ちゃんとこんな所で飲むなんて」

「佳美まだ一人なの」

「まあ〜でも十歳の女の子が居るわ」

と置かれた水割りを少し飲んだ。

昭一は少し迷った様子で言いにくそうに、

「離婚したあ」

「うーん、そうじゃないのよ。川崎に居た時に結婚しようと言う人が居てね、来週御両親に私を紹介するといって時間まで決めていたのに、その矢先にバイクの事故で死んだのよ」

昭一は目を伏せて大きく頷いた。

「それから二カ月して妊娠が判ってね。彼の御両親の家の住所は分かっていたけど、彼が居ないのに今更話しに行く事も出来ないしね。好きな人の子供だから産んだってわけよ。短く言うとだけどね」

佳美は大きく息を吐いた。またつきたくない嘘をまことしやかに言う自分が嫌だったが、仕方がないとも思った。

「そうか、苦労したな」

昭一がボソッと言いタバコを出して一服吸うと上に向かって大きく煙を吐いた。

「でも一人で子供を産んで育てるのは、知った人の居る川崎では無理だしね。ここ出雲崎には以前高校の友達と旅行して、穏やかで良い所だし、と思い出して、それと新潟には小室の墓も有るって伯父さんから聞いていたし、新潟に行けば両親が守ってくれるかと思って、縁有って今の旅館で住み込みで働かせてもらって、子育ても出来たのよ。

川崎を発った時に大橋の義伯母さんに挨拶に行けばまた私生児を産むなんて、嫌な事言われると思って行けなかったの」

「そうだな。お袋が知ったら何言われるか分からないからな。佳美も家に居た時は、こき使われていたものな。お袋悪い人じゃあないけど、キツイからな」

溜め息をつきながらタバコを灰皿に押し付けて消した。

「でもお陰で家事を教えてもらったし、特に毛糸の手編みは仕込まれたから、今でも役に立っているのよ。でも高校の頃義伯母さん働いていたから、早く家に帰って洗濯物取り込んだり、食事の仕度したりで、部活もさせてもらえなくて悲しかったし、日曜も遊びに出られなかったから友達もあまり出来なくてね」

佳美は水割りのグラスを持った。

昭一が急に頭を上げて、

「佳美、お前の母さんに会った」

と言った。佳美は何の事かと、

「誰の事」

「お前のお袋さんさ。綾叔母さんだよ」

佳美は持ったグラスをガタッとテーブルに置いて、昭一の言った意味が判らず、昭一の顔をじっと見た。

「お兄ちゃん酔ったの。だって私のお母さん……お母さんは私が三つの時に車の事故で死んだって、お婆ちゃんも伯父さんも皆言ってたじゃないの」

佳美は固唾を呑んで、間を置いてから、

「生きているの」

思わず大きな声を出した。

昭一はハッとした顔で一呼吸おいて、

「ごめん、佳美まだ知らなかったんだ。俺、うっかり言っちゃって、ごめん」

と小さな声で言った。

「お兄ちゃん、本当の事、教えて」

佳美は思わず身を乗り出して昭一の手を掴んだ。

後ろの席の人が振り向いたのが分かった。

昭一の手を離して震える声で、

「私ももう三十五よ。子供も居るし何を聞いても驚かないから本当の事教えて頂戴。何で三歳の時からお婆ちゃんの所で育てられたのか、お父さんお母さんが私を捨てたの」

佳美は全身が小刻みに震えているのが分かって、震える手で残りの水割りを一気に飲んで、昭一の顔を睨んだ。

昭一も水割りを一口飲んで、椅子を前に引き寄せ、テーブルに肘をついて佳美の顔に近づいて来た。佳美も思わず身を乗り出して昭一の顔に近づいた。昭一は周りを憚りながら、佳美にやっと聞こえる声で話し始めた。

「実は俺もまだ小学校三年生の頃だったからよくは分からなかったんだけど、確か三十一年の十二月の中頃だったよ。夜中に巡査が来て親父が慌てて出掛けたんだ。その時はまだ二部屋のアパートに住んでいたから隣の部屋で寝てて何だろうと目が覚めたんだ。起きて行ってお袋に何だと聞いたけど、何でもないから寝ろって叱られたけど、夜中だし親父の出掛け方が普通じゃなかったから眠れないでよ。親父翌朝早くに帰って来たんだ。

小さな声でお袋に話していたのを襖の側で盗み聞きしてたら、『綾が旦那を包丁で殺した』って言ってたんだ。俺もびっくりして耳をそばだてて聴いてたら、『佳美が婦警さんに抱かれて泣いていたので、取り敢えず日吉の婆さんの所に預けて来た』って言ってたんだ」

佳美は突然の話に俄かに信じられなかったが、昭一が嘘をつくはずもなく、口を挟むことが出来ず急に動悸がして、目の前が白くなるような気がした。

「お母さんがお父さんを殺した」

息が止まりそうになり、大きく空気を吸い吐くことが出来なかった。

「俺が大学に入る時、改めて親父にその時の事を聞いたんだよ。親父が言うには、綾は小室の京司さんに見初められて、結婚を申し込まれたけど、日吉の爺さんが彼の方は横浜で大きな料亭の息子で、私の方は田舎の百姓だから身分が違いすぎると断ったそうだよ。京司さんの方も親に反対されてたみたいだけど、京司さんの熱意に負けて、嫁に出したそうだ。一年くらいは本当に幸せに暮らしてたらしいけど佳美が生まれてから、京司さんは元々女好きだったから浮気が始まって、料亭だもの女は山ほど居るし、佳美の父さんは好男子だし、金は有るし女がほっとかないよな。しまいには何日も帰らない日も有ったらしいけど、綾叔母さんは我慢していたようだよ。もうその頃には日吉の爺さんは死んでたし、綾叔母さんは母親に愚痴も言えず、ノイローゼになってたみたいだよ。

それで十二月十五日夜中に酔っぱらって女を連れて帰って来たので、綾叔母さんが台所から包丁を持って来て旦那を刺して、驚いて逃げようとして後ろを向いた女にも切り付けたけど、女は帯をしていたから肩から背中くらい切られただけで助かったそうだよ。その女の悲鳴に隣の人が出て来て警察に知らせたんだそうだ。綾叔母さんの着物は血だらけで、泣いている佳美を抱いて座り込んで泣いていたと隣の人が言っていて、綾叔母さんは警察に連れて行かれて、母親から離され血だらけになって泣いている佳美を、婦警さんが寝間着を着替えさせて抱いている所に親父が行ったそうで、家に連れて来るよりいいだろうと日吉の婆さんの所に連れて行ったら、婆さんもすごく驚いたって、そりゃあ驚くよな……。

親父は綾叔母さんの着替えなんか持って警察に行ったり、その夜は大変だったそうだ」

佳美は言葉を挟むことなく黙って聞いていた。ただ、無性に涙がこぼれた。

「親父は小室の親の所に呼び出されたそうだ。まあ、いくら浮気性だといっても、親としては家柄が違うとあれほど反対したのに、自分から身を引かないで嫁に収まり、子供が出来たからって、たかが男の浮気くらいで可愛い息子を殺されたと凄い剣幕で怒られたそうだ。親父も兄として妹の言い分も有ったが殺したことには変わりないので、一応は謝ったそうだ」

昭一は溜め息をついて水割りを飲んだ。

「小室の方ではそんな女の産んだ子供は引き取らないといって、それと綾のような前科者を小室の籍に入れとけないから籍を抜くと言われたそうだ。親父は綾の嫁入り道具を日吉に持って帰るわけにもゆかないから処分して、佳美の洋服なんかだけ袋に入れて日吉に持って行ったと言ってたよ。その後婆さんが畠を売ってお金を作って、弁護士を頼んだり、親父は何度か刑務所に面会に行ったり、日吉の婆さんも面会に連れて行ったそうだ」

昭一は座り直して、

「それで綾が切ったという女を見舞いに行った方が良いかと思って弁護士に話したら、加害者側には被害者の身元をあかされないそうだから京司さんと一緒に居た女性は分からなかったとも言っていたよ。ただ、犯行の有った夜隣の人が言ってたことには、小柄で三十五、六くらいな女性だったそうだけど、その後被害者の女性の事は判らないと言ってた」

昭一はテーブルの上に乗せていた手を組み直し、また水割りを飲んだ。

「親父が俺に話をした後、佳美が成人したら伯父として、きちんと話をするから、お前はそれまで黙ってるんだと言われたんだよ。なんせ殺人と傷害事件だからな。何時服役したか言わなかったけど、佳美が中学生の頃、もう出所して、横浜の伊勢佐木あたりの小料理屋で働いてたところに、会いに行ったそうだよ。その度に、『佳美に』って金を渡されたそうだ。多分学費だったかもしれないな。

親父もそんな話をした後だったな。佳美が高二だったかな。急性膵臓炎で一晩で死んだろう。俺も親父に成人するまで話すなって言われてたし、実際大学出て勤め始めだったから忙しかったし、軽い話じゃないしな。

話すタイミングが無かったのが本当だ。

あれから何年にもなるから、小田原の叔母さんからでも話を聞いているかと思ったんだよ。この間珍しくお袋が『佳美ちゃんどうしてるかしらね』って言ってたから、もしやと思って聞いてみたんだよ」

昭一は一気に話し終えて、残った水割りをぐっと飲んだ。佳美はもう泣いていなかった。赤く腫れた目で昭一を見ていた。


「そうだったの。やっと分かったわ。私はお婆ちゃんの所に居る時、幼稚園に行くようになった頃にお婆ちゃんに『何で私はお父さんやお母さんがいないの』って聞いたのよ。周りのお友達は皆お父さんやお母さんがお迎えに来たりしているのに、何時もお婆ちゃんだからって、お婆ちゃんが悲しそうな顔をして『淋しいかい』って聞かれて、言っちゃあいけないこと言ったような気がして、それからは聞いたことなかったのよ。それと時々私を膝に抱いて『綾どうしてこんなことになったんだろうね』と泣いていることも有ってね。今思えば何で人殺しなんかしたのかと泣いていたのね。

お兄ちゃんが言うように刑務所なんかに会いに行ったりした時には、きっと私を膝に抱いてお母さんのように思えたのかもしれないわね」

昭一も黙って頷いた。

「小学校六年の頃、伯父さんにお父さん達のお墓参りがしたいと言った時も、『小室で葬式した時に次の日に新潟の墓に埋葬すると言われて新潟の寺まで小室の人達と車で行ったが埋葬後泊まらないで車で駅まで送ってもらって帰って来たから、何というお寺か分からない。けれど小室の代々のお墓だからお前の母さんもちゃんとお参りしてもらっているから心配しなくていいんだ』なんてごまかされてからは、もう聞かなかったけど、働くようになったら新潟のお墓に行きたいと、もう一度聞いてみようと思っていたのに、伯父さんが急死してしまって。今まで喉の奥に呑んでも呑んでも呑み込めない玉のような物がいつも有ったけど、吐くことも呑むことも出来ない物がやっと消えたような気がするわ。皆私が気が付かないようにしてきてくれたのが私の中でひっかかっていたけど、ようやく解決出来ないことが取れたのね」

昭一はゆっくり顔を上げて、佳美の顔をじっと見た。

「佳美、お前苦労したな」と顔を歪めた。

タバコを一本取り出して火をつけた。

「小田原の叔母さんが、私と入れ替わりに家を出たというのも、それが原因だったのね」

昭一はタバコを吸いながら大きく頷いて、

「多分そうだろうな」

「私が新潟に行くからと電話した時『佳美、親の無い娘は嫁の貰い手がないから、選り好みしてないで早く結婚するのよ』と言ってたわ。叔母さんきっとお母さんの事誰にも知られたくなくて、あんな小田原まで行ったのかもしれないわね」

佳美は三歳から自分を取り巻く身内のどことなく、よそよそしかったのが自分への気遣いだったのだとやっと思えた。

「お兄ちゃん、思い切って教えてくれて有り難う。私の喉のつかえが取れただけでも良かった。お母さんどこかできっと生きてるわね」

タバコをくわえたまま、じっとしている昭一を労った。

ウェイトレスが水の入ったコップを盆に載せて来て、

「ラストオーダーの時間ですが」

と言ってテーブルの上のコップを取り替えた。佳美は、

「もう一杯水割りね。お兄ちゃんは」

昭一は腕時計を見て、

「もうこんな時間か。私はもういいです」

とウェイトレスに言って、

「佳美、結構飲めるんじゃない」

と言いながら灰皿にタバコをもみ消した。

「そうね。今まであまり飲んだことないから分からないけど、酔った事ないわ。父さんの

血かしらね。嫌ね。私の体から父の血を全部抜き取りたいわ」と捨てるように言って持って来た水割りに口を付けた。

「佳美。俺はどうにも駄目な男なんだよ。

弟の秋男は大学出て就職すると直ぐに結婚して家を出て行ったし、お袋は小さな庭だけど草取りが嫌だとか、バス停が遠いの買い物が遠いのって、あの家を売って駅前に建った、二DKのマンションを買ったから、ローンを組んで毎月払わなきゃならないしな」

「あら、近くに八百屋さん有ったじゃないの」

昭一は手を振って、

「駅前に大きなスーパーマーケットが出来たから八百屋もとっくに潰れたよ」

と笑って、

「嫁さん貰いたくても、給料安いし、あのキツイお袋は居るしさ。嫁の来てなんか無いよ。俺もう四十だぜ。まさかお袋残して家を出れないしな」

溜め息をつきながら腕時計を見て、

「あっ、もうこんな時間だ。同僚も待っているし、そうだ佳美の住所と電話番号聞いとこう」

昭一は急いで手帳とボールペンを出した。

佳美は雪乃旅館の住所と電話番号を書いて渡した。

「私は今娘の日向子が居るし周りの人も良い人達だし、忙しいけど幸せに暮らしているから、心配しないで」

「そうか、そりゃあ良かったな。これ俺の名刺」

と名刺入れから出した。

「万年平で、何にも力になれないかもしれないけど、何か有ったり、東京に出た時、そんな事無いか」

ちょっと笑って、

「でも何か力になれるようだったら電話くれ。家より会社の方が良いだろう。じゃ〜元気でな」

と言って、テーブルに千円札を一枚置いて、急いで出て行った。

後ろの出口の方でウェイトレスの声がして、戸の閉まる音がした。


佳美は考えもしなかった母親の話を聞いて、昭一が帰った後、気が抜けたように暫く心が空虚になって何も考えられなくなった。

水割りを少しずつ飲んで、まばらに車のヘッドライトが通り過ぎる道を、窓ガラスに掛けられたレースのカーテン越しに見ていた。

テーブルの上に置かれた千円札を摘んでみて、以前にも同じようなことが何回も有ったと、野辺が部屋を出て行く時に、宿賃を半分佳美の枕元に置いて急いで帰って行った、そんな思い出したくないことがフッと脳裏に浮かんだ。

残りの水割りを飲みながら、父を刺し殺した母の事をどう受け止めてよいのか、その時から私の運命の歯車が食い違いながら音を立てて軋みながら、運命に翻弄されて生きてきたんだと思った。

急にウェイターに、

「済みません。もう看板なので」

と言われて、我に返った。もう店には誰も居なかった。

「済みません遅くまで居まして」

昭一の置いていった千円札を取って、支払いを済ませて外に出た。


ポツン、ポツンと離れて立っていて人の顔がやっと見えるほどの外灯の光が、まるで自分が進まなければならない道標のように思われた。「母が父を殺した」という言葉が頭を駆け巡りながらも昭一に聞いた時に涙が止まらないほどあんなに泣いたのに今は何の感情も起こらず、夜道を歩きながら、まるで他人事のように冷静な自分が不思議だった。

玄関の錠を開けて、そっと錠を掛け草履を脱ぐと居間の明かりがついていて、久代が出て来た。

「遅かったわね。何か有ったのかい」

と言って、佳美の肩からストールを脱がした。

「お母さん起こしてしまって済みません」

「少し心配でね。だって十二時まわっているよ。顔色が悪いけど、従兄の人と何か有ったのかい」

ストールを手にしたまま佳美の顔を覗いて見た。

「いえ、従兄と久し振りに川崎の事等を話してたので」

「佳美さん。目が腫れているよ」

久代の顔が心配で今にも泣きそうに見えた。

母の事は話すまいと思っていたが、

「お母さん済みません」

佳美は玄関の板の間に崩れた。

「もう唐さんはぐっすり眠っているから、居間にお入り」

佳美を部屋に入れて、後ろ手で障子を閉めた。

「どうしたの。やっぱり何か嫌な事有ったんだね」

と言って泣いている佳美を優しく抱いた。

「唐さんは起きて来やしないし、日向子も二階で眠っているからね。二人だけだから私に話せる事なら何でも話しなさい。嫌な事有ったんだね。話をすると少しは心が落ち着くから」

久代は背中を撫でながら言った。

佳美はスナックで昭一が話した綾の事を全部話した。

久代は佳美の手を握ったまま泣きながら聞いていた。

「そうだったの。辛かったね、辛かったね。でもお母さん生きていて良かった。お母さんも辛い思いしてますよ」

久代は寝間着の袖で涙を拭いて言った。

「お母さん、お父さんに芯から惚れていたんだね」とポツンと言った。

「だって惚れて、惚れて、惚れ抜いた男だもの。三年もの間他の女達と浮気していたって、耐えていたんだろうよ。それもこれも惚れた男の子供のあんたが居たから耐えられたと思うけど、男と我が子への愛なんて比べられるものじゃあないのよ。あんただって日向子が居るから分かるだろうけどね。

男は遊びだろうけど、心底男に惚れた女は毎晩泣き暮らしただろうよ。可哀想にね。そんな女の心も知らないで、いくら酔ったからっていったって、夜中に女を連れて帰るなんてね。きっと思い詰めてた糸が切れて、瞬間的に刺したんだと思うよ。『可愛さ余って憎さ百倍』っていうじゃないか。

でもその後泣いているあんたに気が付いて、抱いて泣き崩れてたっていうじゃあないの。子供が居なかったら自分も死んでたかもしれないけど、我に返って可愛い佳美を抱いたのだと思うね。

まあ、私も何人かの男と暮らして来たけど、そんなに惚れた男は居なかったから……最後の人は私より三十も歳が上でね。小さな家を買ってくれたけど死んでしまったのを潮に、もう男だの女だのって嫌になってね。唐さんが板前で、別に楽しい人でもないけど、仕事一筋で無口だけどただ情のある人だから、家を売って唐さんの里の新潟で暮らしたいと思ってね。此処が居抜きで売り出していたから、二人でそのまま旅館をしたわけよ。だから佳美さんはお母さんが好きな人との間に生まれて幸せだったと思わなければね。お父さんを貶すようで悪いけど、若くて純な綾さんや佳美さんの人生を狂わして罪な人だよ。

佳美さんの人生も狂っちゃったわね。でもお母さんの事許してあげなさいね。お父さんを殺めてしまったのも若くしてお父さんに惚れてしまった女の性《さが》だから、切羽詰まっての出来事だもの。可愛い我が子と離されてどんなに後悔したことか。分かってやりなさいね。

もう遅いからお風呂に入って眠りなさいよ」

久代も涙を袖で拭きながら寝室に入って行った。

そっと二階に上がると、日向子が二人分の布団を敷いて寝ていた。布団から足を出して眠っているのをそっと布団に入れて、日向子の顔をつくづくと見た。屈託の無い顔を見ながら今夜の話はどんな事が有っても日向子には隠さなければと思った。自分の床の上に座ってさっき久代の言っていた事を思い返してみた。母がそんなに父を愛していたなんて、久代に言われるまで思いもしなかった。昭一の話を聞いていた時に母が父を殺したことと、そして今も生きていることだけが頭の中を駆けめぐり、そしてどうして自分が身内から疎まれていて何時も孤独だったのかが、やっと分かったということだけに気持ちがいっていた。

自分の性格なのか、それともその生い立ちからか、何時も人と打ち解けることが出来ずにきた。まして男を愛したこともまったく無い。日向子を授かった時からもう野辺という男は自分の頭からは消えていた。

祖母には本当に愛されていたと記憶が有るが、でも今に思うと祖母は私のうしろに我が子、綾を見ていたような気がする。罪を犯して生きていることを知っていたのだから、幼心にも祖母の自分に対する愛情に何か物足りないものを感じていたのかもしれない。

大橋の伯父の家に引き取られてから、義伯母は意地の悪い人ではなかったが、厳しい人だったし、伯父の給料が低いと何時もぼやき近くの八百屋の手伝いに行って夕方まで働いていた。口癖のように「女は学問なんかより家の事が出来なきゃ何の役にも立たないんだから、私が付いていながら嫁に行って何も出来ないなんて、先方の姑に言われないように、家事を手早く出来るように、何でも覚えるんだよ」と言われたのも、今から思えば私への思い遣りだったのかもしれないと、自分が歩んで来た道を振り返っていた。

日向子の顔を見て、人を愛したことのない私が心から愛しているのはこの子だけだけど、本当に自分の愛情が伝わっているかと思った。日向子を愛するがゆえに旅館で働くことも忙しいことも苦に思った事は一度もなかった。しかし、両親が本当に愛し合い、母が妊娠をどんなに喜び、そして両親に祝福されて生まれて来たであろう自分を思った時、私は日向子を身ごもった時、一瞬、妊娠した事を失敗したと後悔もし、ほんの一瞬でもその命を抹殺した方が自分の生きる道として楽ではないかと思ったことを日向子に申し訳なく身震いがするほどの罪悪感に襲われた。何という違いだろう。私の人生は母の犯した罪で、自分の知らない運命に翻弄され幸せを感じた事が無かったが、日向子に対する出生の秘密は誰にも知られてはならないこと、父親のことを色々と嘘をついてきたことも、今更のように自分の罪深さに気が付いた。日向子には絶対に幸せな人生を歩ませなければならない。それがこの子への罪の償いと思いながら、人の世の運命という計り知れないものを感じた。

そのまま少しうとうとと眠っていたのか、日向子の声に目を覚ました。

「お母さん、何で仕事の着物のまま寝てるの」

と素っ頓狂な声を出した。

「あら、昨夜あまり疲れたのでパジャマに着替えないで少し横になったら、眠っちゃったのね」

と起き上がって笑った。

「駄目ね、顔も洗わなかったでしょう」

と睨んだ顔をして仁王立ちになった。

「ごめんなさい許して下さい」

頭を下げる佳美に、ゲラゲラと笑って座っている佳美の膝に向き合って座って抱きついて肩に頭を乗せて、

「許してあげます」

日向子は甘えた声で言った。佳美は暫くぶりで抱いた日向子が大きくなっているのに驚いた。

「日向子太った」

と聞くと、

「うん。でもばばちゃんがまた背が伸びたら太っているのが治るって」

気にもしないで膝から降りようとしなかった。佳美は日向子を抱き締めながら、いきなり背中をくすぐった。キャキャと笑うたわいもない母子のじゃれ合いは久し振りのことだった。何時も日向子が眠っている間に着替えて旅館の仕事を始めていて、学校に行く日向子を起こしに来るだけだったからだ。

時計を見て、

「日向子、何でこんなに早く起きたの」

と膝から降ろしながら聞いた。

「今朝から広子ちゃんと一緒に一時間早く学校へ行って、二人で鉄棒の練習する約束したの。ばばちゃんには御飯早く食べるって、話してあるよ」

と言って、

「お母さん目覚まし時計が鳴ったの知らなかったの」

聞きながら二人の布団を畳んで押入れに仕舞った。

「そうだったの。お母さん昨夜遅くに帰ったから、聴こえなかった。ごめんね」

日向子は既に顔も洗い洋服も着替えて、ランドセルを持って階段を下りて行った。

佳美も急いで身支度をしたが、自分が忙しくしている間の日向子の成長に改めて驚いたのと、久代達が愛情を注いでくれ、素直に育っていることを有り難く思った。

下に降りて行くと、もう日向子が朝食を食べていて、久代と何か話をしていた。佳美の顔を見ると、

「ねえ、ばばちゃん、お母さん昨夜仕事の着物を着たまま寝てたのよ。駄目ね」

と言って佳美を見て首を竦めて笑った。

久代も、

「そうだったの」

二人でちゃかすように笑った。

何と家庭的な和やかな朝だろう。私が求めていたのはこのような平凡で和やかな家庭だったと思った。

「お早うございます。昨夜は遅くまで済みませんでした」

久代に笑いながら声を掛けた。

厨房では太一と裕二がお客様の朝食の支度をしていた。佳美は、

「お早う。ご苦労様」

と声を掛けてから帳場に入った。

六時半には朝のパートの静香と珠美、さつきの三人が裏口から来て、

「お早うございます」

と、てんでに挨拶して、増築した時についでに帳場の向かいの物置にしていた所と、佳

美達が上り下りしている階段の下を改装して六帖程の天井が少し低い更衣室にした部屋に入って行った。旅館の仕事着に着替えて出て来た静香が、

「女将さん顔色悪いけど、大丈夫ですか」

と声を掛けてくれた。

「あら、ちょっと寝不足なだけ、大丈夫よ。有り難う」

三人が名札を帯に付けて、佳美が何時ものように三人に梅茶を出すと、それを飲んだ。佳美が、

「今日も宜しくね」

「はい。さあ仕事、仕事」

と布団を上げに行った。佳美は出勤簿に名前を書き入れてから、布団が上げられた部屋からお盆に梅茶を載せて各部屋に女将としての朝の挨拶に回るのが常の仕事だったが、さっき静香から顔色が悪いと言われたので、デスクから手鏡を出して自分の顔を見た。確かに目の下が少し黒くなっていて、疲れた顔に見えて慌てて頬にチークを塗って口紅も明

るい色を重ねた。梅茶を持って出来るだけ明るい声でお客様への朝の挨拶を終えた。お膳を持って擦れ違った静香が、

「女将さん、顔色良くなったよ」

と声を掛けて二階に上って行った。

もうとっくに日向子は学校に出掛けていた。久代が心配して、

「昨夜眠れなかったんだろう。今日の午前中は光ちゃんに頼んでおいたから、二階で少し寝なさいよ」

と気を遣ってくれた。

「はい。眠気はないですから大丈夫と思いますけど、じゃあ休ませてもらいますね」

返事をして、光子が来たので二階へ上って着替えて少し横になった。

ずっと母は死んだと聞かされて育ってきたし、あまりに幼かったので母との思い出も無かった。昭一の話はあまりに突然で衝撃的なことだったが、今は心をかき乱されることもなかった。自分の人生が根底から覆る事件だったことは分かったが、どこかにひと事のよ

うな気がして捜して会いたいという気持ちも起こらなかった。今朝の日向子と久代達の朝食の風景を思い出して、他人であってもこの温かい関係を壊したくなかった。やっぱり自分は芯の冷たい人間なのか等と思いながら、うとうとと眠りに入った。

日向子はそれから二週間程佳美と同じくらいに起きて来て、鉄棒の虜《とりこ》になったように広子と学校に行った。

「あまり寒くならないうちに上手になるんだそうだよ」

そんなふうに久代が話をしていた。

唐六は時間が有ると裏庭にある、客室に生けるために長年丹精込めて育ててきた椿や梅や草木と、料理に使う柚子や楓等の手入れに余念がなかった。久代も庭に出ての庭仕事は腰が痛くて出来なくなったが、丹精を込めた草木が大きくなったとか、椿の花が咲いたのと喜んでいた。

日曜日は日向子も一緒に草取りや枯れた花を切ったりと手伝って、久代に色々と教えてもらい、唐六と一緒に軍手をはめてスコップで植え替えて、肥料を与えたりしていた。

時々虫でも見つけたのか日向子の悲鳴が聞こえて来たりと、皆の笑い声が裏庭から聞こえ賑やかだった。光子が、

「まるで孫だね」

とつられて笑うのを聞いて、佳美は三人の楽しそうにしている生活が一番安心出来ると思うのだった。佳美から日向子に唐六夫婦が本当の祖父母でないことを話すことはないし、おそらく久代も日向子にそんな事を言う事が無いと思うが、改めて話をする事も無いと思っている。生まれた時から、これだけ溢れるほどの愛情をそそがれて育ってきたのだから、第三者から聞いても血縁等、気にする日向子でも無いと思うし、もし他人から聞かされたら、絶対に自分に直意を尋ねるだろうし、その時は、本当のことを話せば良いと思った。

久代がもう何十年と丹精込めた草木や花は四季を通して客室の床の間に生けられてきた。佳美が旅館で働くようになった頃はまだ久代が毎日各部屋の花を生けていたが、佳美が女

将になってからは久代に教えてもらいながら、水を取り替えたり、生け直したりと手伝っていた。近頃はパートの人達の中で「都」と「蛍」が昔華道を習っていたというので二階の部屋や旅館の小さなロビーに有る床の間の「良寛堂の額」が掛けてある前にも花を生けてもらうようになり、洗面や廊下の柱に花釘を打って一輪挿しに一輪の花を入れたりと、都や蛍が楽しそうに生けて、あとは枝物を切って、残った花を形良く桶に入れて玄関の土間の隅に置くのが風情が有って素敵と従業員が誉めるので、花に興味の無い太一達も見に来ることもあるようになった。久代も、

「やっぱり華道の心得の有る人は違うね」

と感心したり、光子も、

「玄関に花が有ると立派な旅館に見えるね」

と皆を笑わす。ちょっと時間の有った時は、二、三人でも戴き物のお菓子を事務所で腰かけさせてお茶を飲ませたりしているうちに、従業員が旅館の仕事を楽しんでいるように佳美には見えてきた。

パートを雇うことは時間から時間で、仕事を切り上げていくので、住み込みの人のように、気心が通わないことになるのではないかと、久代も光子も心配していたようだったが、花を切っ掛けに、皆の心が通うようになってきたので、佳美はこの家庭的な雰囲気を大切にしたいと、従業員の良い所はさり気なく誉めるように心掛け、出来るだけ声を掛けるようにした。

パートの小百合は本当に優しく、言葉遣いも丁寧だし、ぼたんは仕事は早く綺麗好きだしそれぞれ良い所を持っていた。光子や加津子も、

「大勢だと色々な人がいて楽しいね。この頃は旅館に花が咲いたようで楽しいね」

と副女将と仲居頭の名札を付けて、きびきびと働いてくれた。

旅館も同窓会や泊まりがけの老人会の予約等も入り、パートの人に無理をいって出勤をお願いすることも有るが、皆が互いに時間の遣り繰りをしてくれるので、久代に心配を掛けることなく営業が出来た。

佳美は今までは料理が評判でお客様に利用して頂いていた雪乃旅館に、温泉の多い新潟

の中で、温泉はなくてもこのようなやすらいだ雰囲気の中で心身共にくつろいで頂きたいという思いで、新潟や長岡等の旅行会社や観光所にも写真入りのパンフレットを持っての挨拶回りも余念がなかった。近頃太一が、二番出汁を取った昆布を蟹の殻や足等から取った旨味成分たっぷりの出汁で何時間も煮た佃煮を作り、箸休めに出すようになったのが大好評で、佳美は各会社の御挨拶にもその佃煮を竹の皮に包んでもらって、持参するようになった。佳美が留守の時は光子が副女将として帳場を守っていたので、久代はお客様の綿入れ半纏を作ったりして働く日々を過ごしていた。

亀岡の淳子が三年前に川本聡と結婚して、もう優一という男の子の母親となって半年前から近くに住むようになっていた。光子が、

「ばあちゃんが八十近くなったから、足腰が痛いって言うから、淳子が優を連れて来て買い物や夕飯の仕度してくれて助かるけど、まあ、帰りにゃ自分の所の夕食分をタッパーに入れて持って帰るよ」

と大笑いして、

「まあ、優も一つだから、ちょこまかと動くから、私の休憩時間は子守よ」

と楽しそうに話をしている。佳美は何時も、達子のおさがりの洋服を日向子に貰って助かっているので、先日から昼休みに作っていた優一の帽子と上着をお揃いの紺とブルーの毛糸で編んでいたのが出来上がったので、午後の仕事の合間に淳子に持って行った。淳子はまだ帰らないでいたので子供に着せてみて、

「可愛いね。佳美さん本当に編物上手ね」

と喜んでくれた。急いで帰って来ると久代が、

「さっき川崎の大橋ですがって電話が有ったから、佳美さんはちょっと近くまで出掛けてますが、帰ったら電話するように言いましょうか、と聞いたら、出先なのでまた明日電話しますって切れたけど、この間会った従兄の人かね」

と言った。

「出先だったら、また明日朝出社した頃に電話をしてみますね。急用なら夜にでも電話すると言ったでしょうから」

そんな事を言いながら何か有ったんだろうかと嫌な予感がした。

翌朝佳美が二階から下りた時には、何時ものように太一と裕二が朝食の準備の最中だった。

「お早う。今日も宜しくね」

と声を掛けた。早起きだった唐六も近頃は朝厨房には入らず、居間にも出て来ていなかった。久代は六時半にパートの人達が来る頃までには、長い習慣からか大女将としての身嗜みはおこたらなかった。佳美は、

「お母さんお早うございます。腰の具合はどうですか。今日は病院に行って来たらどうでしょう」

先日、腰痛のことをぼやいていたので一度レントゲンを撮ってもらったらと勧めていた。

「有り難う。昨夜日向子が貼り薬を貼ってくれたら少し楽になったから、まあ歳だろうね。嫌だね、大丈夫よ」

と言いながら卓袱台に掴まって立ち上がった。

「少し寒くなってきたからね」

背中を伸ばした。

朝番の小百合と蛍が急ぎ足で部屋から帰って来たので、白板に書いてある通りに佳美はお客様に朝の挨拶の梅茶を運んだ。戻って来た時、帳場の電話が鳴ったので、慌てて受話器を取った。

「お早うございます。雪乃旅館でございます」

佳美は若々しい声で言った。

「そちら雪乃旅館様でいらっしゃいますね」

とハキハキとした中年の女性からだった。

「恐れ入ります。早くからお電話致しまして、私横浜にあります石川総合病院の東病棟の婦長で中島という者ですが、そちらに小室佳美様はおいででしょうか」

電話の相手に急に自分の名前を言われたので、

「はい、私が小室でございますが」

訝しげに返事をした。

「大橋綾様、ご存知でしょうか」

と落ち着いた声がした。

「はい」

佳美は胸の高鳴りを覚えた。

「実は大橋綾様が二カ月程前に入院されまして、小室様をずっと捜しておりまして、警察にもお願いをいたしましたが、昨日やっと川崎にお住まいの大橋昭一様と連絡が取れまして、そちらの電話番号が分かりましたので、早朝に失礼とは思いましたが、お住まいが新潟とお聞きしましたので、お電話させていただきました。大橋様が是非お会いしたいとおっしゃっています」

佳美は突然病院からの電話にその場に立っていられなかった。側で聞いていた久代が急いで受話器を取った。

「もしもし、お電話代わりました。私当館の大女将の長尾と申す者でございまして、小室が話が出来ない状態になりましたので私が代わりにお話を伺いますが」

久代は落ち着いて話を受けた。

「そうですか、急なことですからね。分かりました。私、横浜に有ります石川総合病院の婦長の中島と申します」

「それで綾さんの容態はいかがなのでしょうか」

たたみ込むように聞いた。

「詳しい事は電話ではお話し出来ませんが、出来るだけ早くこちらにおいで頂きたいのですが」

「分かりました。早速そちらに向かわせますので行き方を教えて下さいませ。メモをします」

久代は急いでペンを取った。

「では場所は横浜の桜木町駅で降りて頂きまして、歩いても来られますが、タクシーで五分程ですので、先程も言いましたが、石川総合病院と言って下さい。病室は東病棟三階です、正面入り口に総合受付がございますので聞いて下さい。私の名前『中島』と言って下さいませ。お待ちしておりますので」

「分かりました。では新幹線で上野から省線、あ〜今は京浜東北線ですね。で桜木町で降りればよろしいですね。一応病院の電話番号だけ教えて下さい」

と言ってメモをした。

「分かりました。直ぐに発たせますが、一時過ぎくらいになると思います」

久代は帳場の掛け時計を見ながら、

「宜しくお願い致します」

受話器を置くと、無気力に椅子に腰掛けている佳美に、

「急ぐのよ、お母さん待ってるんだから。体大分悪そうだから、日向子を連れて行くのよ。しっかりしなさいよ。タクシー呼んどくから長岡まで車で行きなさい。急いで!!」

さっき書きとめたメモを渡した。佳美は血の気の引いた顔をして、

「はい。すみません」

とやっと声を出して二階に上って行った。

久代は小百合や蛍等周りで見ていた人達に、てきぱきと指示を与えて厨房の太一にも話をしたりして忙しく駆け回っていた。

日向子が眠そうな顔をして、お出掛け用の洋服を着て久代に買ってもらった袋をぶら下げて二階から下りて来た。

「今日学校休むの」

と久代に聞いた。

「広子ちゃんに今電話したし、今日は大事な用が有るから、婆《ばば》ちゃんから学校の先生に電話しておくから、安心してお母さんと行ってらっしゃい。靴はこれね」

日向子の外出用の靴を出して、ついでに佳美が何時も出かける時に履く靴を出して布で拭いて揃えていた。佳美が慌ただしく降りて来て、

「お母さんすみません。じゃ行って来ます」

久代に声を掛けた。居間から急ぎ足で久代が出て来て、

「朝ごはんだよ」

と紙袋を渡してくれた。

「もうタクシーが待っているから急ぎなさいよ。メモ持ったね」

二人を促した。タクシーがドアを開けて待っていた。

「日向子、お母さんから離れないのよ」

と日向子を先に乗せて佳美が乗り込んだ。

「運転士さん、長岡の新幹線乗り場ね。急いで下さいね」

久代は運転士にチップを渡した。動き出したタクシーの中から日向子が無邪気に手を振った。久代は見送りながら、疲れた足取りで家の中に入って行った。


日向子は何だか分からないままに車に乗せられ、

「ねえ、お母さんどこへ行くの」

と訝しげに聞いても佳美が返事をしないので、静かになった。長岡駅に着き新幹線のホームに行き、運良く列車が来たので二人は乗車して、指定席に座った。

佳美は初めて新幹線に乗るのと、日向子を連れてこれから行く先の事を思うと頭がいっぱいだったが、座席に座って列車が動き出すと、やっとホッとした顔を日向子に向けて、

「疲れた」

と聞いた。

「う〜ん、ね、どこへ行くの」

少し不安そうに聞いたので、

「東京よ。だけどまた電車に乗り換えて横浜という所に行くの」

日向子は急に目を輝かせて、

「東京タワーにも行くの」

と弾んだ声で聞いた。佳美はこのあどけない無垢な子供に何と答えたら良いか言葉に詰まった。すると急に日向子が、

「今朝ばばちゃん、あんなに急いで走り回っていたけど大丈夫だったかしら」

と久代を心配したので、佳美は、

「どうして」

と聞いた。

「うん。夕べ、ばばちゃんとお風呂に入った時、転びそうになったの。私が先にお風呂場に居たから、私の肩に掴まったから転ばなくて良かったけど、お風呂場の中に掴まる所を作ってあげると良いなと、今朝お母さんに言おうと思ってたの。ばばちゃん肩に大きな、このくらいの傷が有るでしょ」

と十二センチ程の長さを左右の指で見せた。

「この頃傷が痛くて手が上がらないんだって」

真顔で話した。

「どうしたのって聞いたら、昔転んでコンクリートから出ていた鉄の棒で切ったんだって。すごく痛かったって言ってたよ。お母さん、ばばちゃんの傷見たことないの」

と言った。

「だってお母さん婆《ばば》ちゃんとお風呂に入った事無いもの」

「そうか」

納得した顔をした。

「帰ったらお風呂場に掴まる所を作ってあげてね」

日向子が心配そうな顔で言った。

佳美は初めて久代の肩にそんな傷が有るのを知り、まさかと嫌な気持ちになった。昭一が話していた母綾が逃げる女の人の肩を切りつけた事を思い出していた。小柄な女性で三十五、六と言っていたが、佳美が最初に久代に雪乃旅館で会った時にも六十歳くらいと思っていたがあの時六十五歳だったのだから、久代は若く見られる。でも私の姓が小室とあまりどこにでも有る姓でもないのだから等、頭の中を考えたくない憶測に捉われていた。

「ねえ。お母さんどうしたの」

と膝をゆすられた。我に返って、

「ごめんね。婆《ばば》ちゃんのくれたご飯食べる」

紙袋の中から朝食を出した。紙袋の中には、日向子の好きなチョコレートや袋菓子も入っていた。日向子はおにぎりと水筒のお茶を飲み始めた。

佳美はこれから行く所には母が居る、自分も死んだと聴かされて育ってきたし、日向子にもそのように話してある。これから母綾の所に行く事は事実なのだから何とかこの子の心の傷にならないように話をしなければならない。また、事実を隠して嘘をつかなければならない事は自分が持って生まれた宿命なのかと、暗い思いが過《よぎ》ったが、天真爛漫な日向子を守るのは、常に陰を持って生きて来た自分が背負わなければならないと心に決めた。

「日向子、お母さんのお母さん、日向子のお婆ちゃんが生きていたのよ」

日向子はおにぎりを食べるのを止めて目を丸くして佳美を見た。

「自動車の事故で死んだんじゃあないの」

さすがにびっくりして、おにぎりが喉に詰まったのか、水筒の水を飲んだ。

「そうなのよ。お母さんもついこの間川崎のおじさんと駅の近くで会ってね、分かったんだけど、お爺ちゃんは自動車の事故で死んだんだけど、お婆ちゃんはお母さんが三歳の時に伝染する病気になって隔離って人に移らないように人の来ないような遠い病院に入ってね、とても重い病気で、それで長い間病院に入っていて、子供に移ったら大変だから、三歳だったお母さんを日吉のお婆ちゃんに預けたそうなの。日向子のお婆ちゃんは体が弱っていてね、普通の生活が出来なくなってしまったので一人になって田舎の方の療養所で暮らしていて、お母さんと連絡が取れなくなっちゃったみたいなの。でも今は横浜の病院に入院していて、やっとお母さんが新潟の雪乃旅館に居ることが分かったので連絡がきて、これから会いに行くのよ」

母綾に会いに行く説明をやっとの思いでした。静かに話を聞いていた日向子が、

「お婆ちゃん可哀想ね。ずっと一人でいたのね、体がうんと悪いの」と眉間に皺を寄せて聞いた。

「そう、大分悪いみたいよ」

日向子は下を向いて何か考えていたが、

「ねえ、ばばちゃんは日向子の本当のお婆ちゃんじゃないの」

真剣な顔で聞いた。佳美は、はっとしたが、

「そうなのよ。でも日向子が生まれた時からずーっと可愛がってくれているでしょ。日向子を一番愛してくれているから本当のお婆ちゃんと思えば良いのよ。婆《ばば》ちゃんも爺《じじ》ちゃんも日向子を本当の孫と思っているのよ。だからおにぎりも作ってくれたでしょ。チョコレートだってお菓子だって、日向子が何が好きなのかよーく知っているのよ」

日向子は手に持ったままになっていたおにぎりを見て、

「私もばばちゃんもじじちゃんも大好きよ」

と笑顔になって食べ始めた。

佳美もほっとしておにぎりを食べ始めた。日向子が居眠りを始めたので膝の上に日向子の頭を乗せた。

上野駅に着いたのは十一時を少し回っていた。上野駅も新幹線のホームが出来たので、大分変わっていた。

十一年前は不安を抱えて此の駅を発ったが、今日はまた違った不安を抱えて降りたった。

日向子を連れて京浜東北線のホームへと向かった。久し振りの電車だった。日向子が、

「長い電車がいっぱい走っているのね。驚いたぁ」

辺りをキョロキョロとしながら佳美の手をしっかり握って歩いた。

以前から東京の地図を調べていたのか、東京駅の大きさにも驚いたり電車の窓から、移り変わる景色を見ていた。新橋駅の近くから、

「あっ、東京タワーが見えるよ、お母さん。高いね」

と日向子は車窓から見続けていた。

「今日はお婆ちゃんのお見舞いだから、またゆっくりと東京タワーに行こうね」

佳美の言葉に嬉しそうに頷いた。やがて多摩川を渡り桜木町に着いた時には十二時半になっていた。

タクシー乗り場に行き病院の名を言って乗り込んだ。石川総合病院は港と反対側の少し坂を上った所にある五階建ての大きな病院だった。正面入り口でタクシーを降りて、日向子の手を引いてメモに書いてある総合受付に行った。

「私、今朝東病棟の中島婦長さんから電話を頂きました、小室佳美と申しますが、中島婦長さんに連絡して頂けますでしょうか」

受付の若い女性が、

「少しお待ち下さい」

と電話をしながら、

「御面会ですか」

と聞かれた。

「はい、三階に入院している大橋綾にです」

女性は電話が繋がったようで、佳美の話を遮るように電話の相手と話をしはじめた。

「はい。中島婦長と連絡が取れましたので、一応ここに御住所とお名前と電話番号を書いて下さい」

面会届のような用紙を出した。女性は書類に目を通して、定期券程の大きな「面会者」と書かれたカードを二枚出して、

「胸に止めて下さい。お帰りの際にはこの受付にお返し下さい」

と言って渡された。佳美は日向子の左胸にカードに付いている安全ピンで止めて、自分の胸にも止めた。受付の女性は立ち上がって少し前屈みになって、カウンターの中から、

「此方のグリーンのテープ沿いに行かれますと、東病棟のエレベーターが有りますので、三階で降りて下さい。右方向に行かれますとガラスの自動ドアが有りますので、入って頂くと、ナースステーションが有りますので、婦長はそこでお待ちしているそうです」

と事務的に教えてくれた。

日向子は初めての大きな病院と大勢の人に驚いたのか、佳美の手をしっかり握って後ろを歩いて来た。

三階のガラスの自動ドアを入ると五十近いであろう中島婦長が、佳美達の姿を見て近寄って来た。

「初めまして。小室佳美でございます。今朝程はお電話を有り難うございました。また此の度は大変お世話になりまして」

と挨拶をすると日向子は手を離した。婦長は痩せぎすで背の高い人で、

「遠い所をよく来て下さいましたね。お嬢さんですか」

「はい。娘の日向子です」

佳美が日向子を見ると、

「日向子です」

と頭を下げた。

「まあ、可愛いお嬢さんですね。大橋さんお喜びになるでしょう」

婦長は後ろを歩いている日向子を振り返り見た。病室は東に面した個室だった。中島婦長が、

「大橋さん、娘さんとお孫さんが来ましたよ」

と言って、ベッドの背を少し上げた。

眠っていたのだろう。もう大分白髪が目立つ髪を横に束ねて、痩せてやつれながらも日吉の祖母が言っていたように、若い頃は色白だったであろう顔をした綾が目をはっきりと

開いてこちらを見た。

佳美は一瞬、声をあげそうに驚いた。その切れ長な目と鼻筋の通った顔はまさに日向子そのものだった。思わず、

「お母さん」

と駆け寄って痩せ細った手を握った。

涙が溢れ出た。あの三歳の時に別れた母だった。

「佳美だね、佳美だね」

綾も涙声で、

「ごめんね、ごめんね。母さんが悪かった」

短い言葉の中に何十倍、何百倍の深い思いを佳美は感じた。涙がとめどなく流れる綾を見て、佳美は母にしがみついた。涙が綾の首筋に落ちた。あとは言葉もなく二人の嗚咽だけだった。婦長が日向子の手を引いて綾の側に来た。

「大橋さん、お孫さんですよ」

と綾に言った。佳美も母から身を離すと、綾が驚いた様子で、

「佳美の子供なの」

と涙を拭いながら聞いた。

「お母さん娘の日向子よ。日向子、話してた日向子のお婆ちゃんよ。御挨拶なさい」

日向子は初めて会った祖母であろう人の細い手を握って、緊張した声で、

「日向子です。お婆ちゃんお体が悪いの」

と聞いた。綾は涙を拭きながら首を横に振って、

「もうすぐ良くなるからね。心配してくれて有り難う」

と泣き腫らした目で笑ってみせた。

「日向子は幾つ」

「十歳になったの」

と答えた。

「そう。お父さんと三人で居るの」

綾は少し不安そうに聞いた。佳美は綾の不安そうな声を打ち消すように、

「日向子が生まれる前に父親はバイクの事故で死んだので、父親を知らないのよ」

佳美の言葉に、日向子は口を尖らして、

「日向子のお父さんは二階に居るよ。何時も写真で笑っているもの」

と言い返した。

「じゃあ、日向子はお母さんと二人で暮らしているの」

綾が淋しげに聞いた。

「うーん、お母さんとお婆ちゃんとお爺ちゃんと四人で居るよ。それと光おばちゃんや大勢居るしね。淋しくないのよ」

とにっこり笑った。綾は日向子の言う事が分からず、佳美の顔を見た。

「私、雪乃旅館で住み込みで働いて、日向子を産んだの。そこの女将夫婦に子供が居ないので、生まれた時から二人が自分達の孫のように可愛がってくれて、日向子は言葉が話せるようになった時から婆《ばば》ちゃん爺《じじ》ちゃんと呼んで一緒に暮らしているので、日向子は幸せ

ですよ」

怪訝そうな顔をしている綾に話した。

「日向子が一年生になった時から、私を女将にしてくれているので、今は私が旅館を切り盛りしているから忙しいけど、生活は安定しているから安心してね」

不安そうにしている綾に優しく話した。

「そう、日向子は爺《じじ》ちゃん婆《ばば》ちゃんが好きなの」

と綾が日向子の顔をじっと見つめて聞いた。

「うん、大好きよ。じじちゃんは私の大好きな笹団子を作ってくれるし、ばばちゃんはお人形さんの服を作ってくれるから。お母さんはすごく忙しいからいつもばばちゃんとお風呂に入ったり、ご飯も食べてるのよ」

日向子は綾の痩せた手を取って、

「お婆ちゃんも病気が治ったら新潟に来て、一緒に暮らそうね」

屈託なく手を握った。綾は涙を流しながら、大きく頷いて見せた。婦長が、

「日向子ちゃん、向こうにジュースが有るから飲みましょうね」

と言って日向子を連れて行ってくれた。

綾は改めて佳美の顔をしげしげと見て、

「佳美、苦労を掛けたね。ごめんなさいね。こうして会えるなんて、こんなに嬉しいことはないわよ。私の若気の至りで、あんたを不幸にしてしまって。謝っても許される事ではないと思って、どんなにお前の夢を見たことか。会いたくても会ってはいけないと、ずーっと思ってきたのに」

とまた泣いた。佳美は母の手をさすりながら、

「日吉のお婆ちゃんから、お父さんお母さんは交通事故で死んだと聞かされて育ってきたけど、一カ月程前に大橋の昭一兄さんに偶然会って、博次伯父さんが亡くなる少し前に事情を聞いたそうでね。伯父さん私が成人したら全部話すと言っていたそうだけど、その前に亡くなってしまって。昭一兄さんからお母さんが生きていると聞いて驚いたけど、嬉しかったわ。私も子供の頃お母さんの夢をよく見たけど、何時も後ろ姿で消えて行ってまし

まって悲しかったの」

　佳美は母の手を取り、

「結婚すると約束した人がバイク事故で死んでから、妊娠してたのが分かってどうして産んで育てようかと思った時、伯父さんがお母さんのお墓は新潟に有ると言ってたのを思い出して、お母さん達に守ってもらえるかと思って新潟に行って、今の旅館で働く事が出来たし、良い人達に恵まれて、日向子も皆に可愛がられて、今日が有るのはお母さん達が守ってくれているからだと思っていたのよ。

　でも、お母さんが私を思ってくれていたからこうして会えたのね。お母さん、私恨んでなんかいないから。私を産んでくれて有り難う。今、日向子も居るし周りは良い人達で働けているから安心してね」

　と微笑んだ。

　目の前に居る母親は若い頃の姿形はもう微塵も無いほどにやせ衰えて、老人というにはまだ歳は若いはずなのに、言葉では言えない程の苦労をして来たのだろうと佳美は思った。

自分の犯した罪におののき、愛する幼子を捨ててしまい、暗闇の中をどんな想いで暮らして来たのかと慰める言葉も無かった。

綾は佳美の手の上に自分の手を乗せて、

「私のような者が母親だなんていって、佳美には会ってはいけないと思い続けて来たのに、私の命ももう長くはないと言われた時、一目だけでも会って死にたいと、居ても立ってもいられずに病院の方《かた》にお願いしたのよ。我が儘言ってごめんなさいね。これで何時死んでも思い残す事は無いわ。そのうえ日向子ちゃんにまで会えてね。嬉しかった」

と両手で佳美の手を握り締めて、

「幸せそうで良かった」

佳美の顔を見て涙を溜めながらにっこり笑った。その顔には大分疲れが見えていた。

婦長が日向子を連れて部屋に入って来た。

「大橋さん疲れたでしょ。でも娘さんやお孫さんに会えて良かったわね。佳美さん近々また来て下さいね」

佳美は母の手を離して椅子から立った。

「大橋さん、大分疲れているから、もう横になりましょうね」

とベッドを平らに直した。佳美は日向子にもう一度お婆ちゃんの手を握ってと言い、

「また直ぐ来るからね」

手を振った。綾も無言で手を振ったが、大儀そうにその手がパタンと布団の上に落ちた。

病室を出ようと後ろを向いた時、嗄れた声をしぼるように、

「佳美、有り難う」

と、点滴の管のからまった両手を合わせていた。佳美も、もう一度母の側に走り寄りたい心をおさえて、

「また直ぐ来るからね」

笑顔を作って手を振った。日向子は何を感じたのかベッドに駆けて行き、手を握った。

婦長が廊下で待っていて、佳美の側に来て、

「お疲れのところ済みませんが、主治医の先生がお話が有るそうで待ってますので、こち

らに来て頂けませんか」

と耳元で言った。

「日向子ちゃん、さっきのお姉さんが屋上に行くと港の船が見えるから行こうって言ってたわよ」

と言って若い看護婦を手招きした。日向子は、

「お母さん行っても良い」

と聞いて看護婦の方に走って行った。

佳美は中島婦長に、

「お気を遣って頂きまして有り難うございます」

とお礼を言った。婦長は、

「こちらですよ」

佳美を促して診察室のドアをノックした。

「小室佳美さんが見えました」

佳美は午前中の診察を終えて待合室には誰も居ない廊下から、ドアの中に入った。

「大橋綾の娘の小室佳美でございます。母が大変お世話になっておりまして。有り難うございます」

と深々とお辞儀をした。医師は六十歳を過ぎたような穏やかな感じの先生で佳美の方に体を向けて、しっかりと見ていた。

「遠い所御苦労様でした。主治医の山下です」

と挨拶された。

「でも大橋さんも娘さんが分かって良かったですね。私達も大分心配しましたよ」

と太い声で静かに話した。

「お母さんにお会いになってお分かりと思いますが、実は私共の病院に来られた時はもう癌はすでに他の臓器に転移していました」

佳美は綾の体が大分悪い事は分かっていたが、癌と聞いて血の気が引くように目の前が白くなりしばらく声が出なかった。

「何癌だったのでしょうか」

「ああ肝臓癌です。体調は大分前から悪かったと思いますよ。よく働けたと思うくらいでしたから。

色々な検査の結果、リンパから全身に転移してましてね。手術の出来ない状態でした」

医師はカルテを見ながら残念そうな声で話した。

「私、何も知りませんで、小さな時から母は死んだと聞かされていましたので」

「そうでしょうね。院長と私とこの中島婦長だけは大橋さんの口から今までの経緯は聞きましたが、個人情報は守られておりますので、他には一切漏れることはありませんので御安心下さい」

と佳美の顔を見た。

「お母様は何でも野毛の裏の方で、手伝いの人を一人使って、カウンターで料理とお酒を出すお店をしておられたそうです。体が大分弱っておられましたので、初診の時に入院して検査を勧めたのですが、気丈な方で、二、三日待って欲しいと言われまして。今の店を長く手伝っている人に譲るため片付けることもあるのでとのことでした。その間点滴に来て検査する約束でお帰ししたのですが、保証人はその店を譲られた方がなっています」

と他のページを見て、

「内田早苗さんという方ですね。初診の時から付き添いで来ておられましたよ」

「住所と電話番号が分かりますでしょうか」

佳美はバッグからボールペンと紙を出して住所、氏名、電話番号を書いた。

「何れお礼に伺わせて頂きますが、それで、入院費はどうなってますでしょうか」

と聞いた。

「いえ、それは大丈夫です。最初大部屋を御希望だったのですが、もう病状も進んでおられましたので、ナースステーションに出来るだけ近い個室をお勧めしまして。食事もあまり召し上がれませんでしたので、点滴とあと痛み止めで治療しております。長い間お一人で暮らして来られて、気丈な方ですので、病状はそのままお知らせしております。もう覚悟は出来ていらっしゃる様子でしたが、入院なさって暫くしてから、先程お話を致しましたように御自分の過去の事を全部お話し下さいまして、一目娘に会いたいとのお望みだったので、早速警察の方にも頼みまして捜しておりましたが運良く間に合いましたね。私達もほっとしております」

「知らなかったとはいえ申し訳ございませんでした」

「いえ二週間程前に、もう貴女は見つからないと思われたのでしょうか、それと一段と病状も悪くなってきたと思われたのでしょうか、遺言書を作りたいとおっしゃいましたので、一応公正証書にしておかれたらと勧めまして、病院の弁護士から公証人役場の方に来て頂きまして、私と中島婦長が証人となりまして、公正証書を作られました。今は院長の許可の元、当病院の金庫にお預かりしております」

と言って医師が公正証書を引き出しから取り出した。

「御覧になって下さい。御本人の意志で残った財産は小室佳美に遺贈すると言われました。但し五年経って見つからなかった時は、横浜山手の方に有ります『めぐみ乳児院』に全額寄付をすると言われましたので、そのようになっております」

と医師は書類をめくりながら話した。

「公正証書は三部有りまして、一部は公証役場にそして一部は私共の金庫にお預かりしておきますので、そしてこちらは本当は大橋さんにお渡しする書類ですが、病室には色々な人が出入りしますので、私共にお預けになっていましたが、小室さんにお渡し致します」

と書類を渡された。

「そうでした。その時に遺言書に書かれました中で唯一はっきりしていましたのは、川崎の日吉のお寺に大橋のお墓が有るので、そこに埋葬して欲しいと言われまして、お寺の名前が分からなかったので調べましたところ、お寺で大橋さんの今の住所と電話が分かりましたが、大橋昭一さんのお母様でしょうか、大橋綾をご存知ないと言われまして、その後警察の方でやっと昭一さんの会社名が分かったということです。時間は大分掛かりましたが、大橋さんの望みが叶いまして私共も安堵いたしました。お寺御存知ですか」

と聞かれた。

以前誰とも分からない人がお墓に花をたむけてあったことを思い出し、あれはきっと母だったのだと思った。
「はい、よく知っております」
と答えた。中島婦長が、
「先生、あと大橋さんからお預かりしていますバッグどういたしましょうか」
「ああそうだね。小室さん、大橋さんが入院なさった時お持ちになったバッグが有ります
が」
と言われて、後ろの書棚の錠を開けて取り出した。厚い布で作られた、大きなノートが
入るくらいのチャックが付いた袋を出した。
「大橋さんが入院されて直ぐにこの袋をお出しになりまして、私の預金通帳や印鑑等大切
な物が入っておりますので、御迷惑でしょうがお預かり願いたいと申されまして、先程も
申し上げましたように個室とはいえ色々な人が出入りしますし、普通ならばお預かりは出
来ないのですが、事情が事情ですので、院長と相談の上許可を貰いまして病院の金庫に保
管させて頂いております。この小さな南京錠が付いてますが、その錠は大橋さんがお持ち

です」

医師は袋をデスクの上に置いた。

「大変御迷惑でしょうが、これは母の物ですので、お預かり頂けないでしょうか。私も近くに住んでおりましたら、母に話して必要な時に持って来られますが、今は無理ですし、親子といえども母の作った財産ですので、母の近くに置いてあげたいのですが、誠に申し訳ございません」

佳美は丁寧にお願いをした。医師は、

「それもそうですね。ではこのまま当院でお預かりしておきます。婦長このバッグは院長に話して金庫に戻しておいて下さい。今私からも公正証書の件と、バッグの事、院長に電話しておきますから」

バッグを中島婦長に手渡した。

佳美は、綾の体が悪くなり、ただ一人で身の回りを整理したかと思うと、どんなに心細かったことかと身につまされ、悲しかった。

「本当にお世話になります。宜しくお願い致します」

とだけしか言えなかった。

「残念ながら、もうベッドから立ってポータブルのトイレにも腰掛ける事が出来なくなっていますし、食事も流動食を少しと召し上がるだけですので、持って十日、早ければ二、三日くらいと思っております。今の内に何方か会わせておきたい御身内はいらっしゃいませんか」

医師が言った。

今会って来た母は大分目も見えないように思われたが、手を握った力も弱かった。多分精一杯声を振り絞って話をしていた事は佳美にも伝わっていたが、三十二年振りに会った母の命がそんなに短い時間しか無いとは。母はどんなに会いたかったか。でも会ってはいけないと思いながら自分の命に時間が無いと考えた時、おそらく堰を切ったように会いたくなったのだろうと、佳美はショックで声が出なかった。日向子を連れて来て良かったとしみじみと思った。

「母には小田原に妹がおりますが、私の一存ですが会わせない方が良いと思います」

会わせれば、香織にも迷惑をかけたと謝るだろう。最期にそんな事はさせたくなかった。

「そうですが。分かりました。でも貴女が間に合って良かったですね。私共もお預かりしていています、貴重品の入った袋をお見せ出来たのと、遺言書の公正証書をお渡し出来ましてて、肩の荷が下りました。この事は後程大橋さんにお話をしておきましょう。今回はお子様連れですので一度お帰りになっては如何でしょうか。新潟であれば日帰りも出来ますし。娘さんにお会い出来て思ったより良い状態になられるかもしれませんしね。また中島婦長から連絡させますから」

自分としては母との残り少ない時間を一時《いっとき》でも長く側に居たい気持ちでいっぱいだったが、日向子にこのまま学校を休ませておくわけにもゆかないので、一旦帰ることにした。

「色々と御配慮を頂きまして、有り難うございます。帰りましてまた直ぐ参りますので、母の事宜しくお願い致します」

と挨拶して診察室を出た。廊下に出ると中島婦長が待っていた。

「お見せしたい物が有るんですよ」

持っていた袋から、ハガキより小さな袋を取り出して、佳美に手渡した。

「これ大橋さんが公正証書が出来た後、私に渡されたんです。枕の側に置いていたけど無くなるといけないので、そのカギの掛かる引き出しに入れておいて下さいますか、と渡されたんですが、何ですかとお聞きしましたら、大切な子供の写真です、と言われて、御覧になっても良いですよと言われましたので写真を見せて頂きました。私の宝です。とおっしゃっていました」

どこかで見覚えの有る着物の布で作られた袋を開けて見た。それはもう何十年も経った、セピア色をした写真で、厚紙で裏を補正してある二枚が入っていて、その補正された紙も大分古くなっていた。一枚は裏に「小室佳美お宮参り」と年月日が書かれてあり、母が私を抱いて、お宮参りの着物を赤ん坊の佳美に掛けて椅子に座っている写真だった。もう一枚は、やはり裏に「佳美三歳のお宮参り」と年月日が書いてあり母が椅子に腰掛けて、佳美は肩上げをした着物を着て頭に大きなリボンを付けて、飴の袋をひきずるように持った写真だった。

何れも写真屋さんで撮ったものだった。母の写真は日吉の祖母の所で見たことはあったが父との結婚式の時の写真だけで、この二枚の写真は初めて見た。従兄の昭一が、祖母も刑務所に面会に行った事があると言っていたので、多分祖母の所に有った写真だったかもしれないと思った。でもこの写真を三十二年もの間肌身離さず持っていたのかと思うと、なんと悲しい人生であったかと、女として母として、日向子と置き換えてみると狂おしい思いがして、母の苦しみと子への愛情が詰まった写真を袋に戻すことが出来なかった。婦長が、

「やはりお母様の枕元に置いてあげた方が良いかもしれませんね」

しみじみとした口調で言われ、佳美も写真を袋に入れて一礼して無言で渡した。

婦長はエレベーターで屋上へと佳美を連れて行った。楽しそうな日向子の声がしてやっと我に返った。日向子が、

「もうお話終わったの」

と走け寄って来て、いっぱいの飴やお菓子の入った小さな紙袋を佳美に見せて、

「お姉さんに貰ったの」

と嬉しそうに言った。

「ちゃんとお礼言ったの」

と聞き、

「お菓子まで頂きまして有り難うございました」

とお辞儀をした。若い看護婦は、

「楽しかったですよ。学校の話や鉄棒の話とか、歌まで歌ってくれましてね。お菓子は私達の休み時間のおやつに買ってあった物ですから、お礼などおっしゃらなくても良いですよ」

と笑った。中島婦長が若い看護婦に話が終わった旨を話した。

「さあ、出口まで送りますよ」

とエレベーターの方に向かった。日向子は若い看護婦と手を繋いでエレベーターに乗っ

た。

ガラスの扉の前で婦長が、

「またお電話しますから、今度はお一人で来られたほうが良いでしょうね」

と言われて別れた。

佳美はもう一度母の顔を見てから帰りたかったが、母がどんな思いであの写真を見て暮らしていたのかと思うと、冷静な気持ちでは会えないと思い、病室に行くことを断念した。

病院から駅まではそう遠くなかったが、佳美は朝から緊張していたせいか大分疲れを感じていたので、病院の前に停まっていたタクシーで桜木町駅まで乗った。午後も大分回っていたので近くに有ったレストランに入った。

日向子はメニューを見る前に、

「お母さん私カレー食べたいの」

と言ったのでカレーを二つ注文した。店内はお昼時間が過ぎていたので客席は大分空いていて、直ぐにカレーライスが運ばれて来た。

「私ね、カレーライスが大好きなの。でもじじちゃんが、家は旅館だから匂いのきつい物は作らないと言っていたでしょ。だからお母さんとデパートで食べる時はカレーライスを食べるのが楽しみなの」

無邪気に笑って美味しそうに食べていた。

天真爛漫に振る舞っている日向子にも、小さな遠慮が有るのかと初めて知った。

たまにしか外食をしないのだからと思い、日向子のためにチョコレートパフェをついでに頼んだ。

レストランのレジの横に電話機が有ったので日向子を置いて、お世話になった「内田早苗」さんに電話をしてみたが、生憎留守だったのでまた来た時に電話をすることにした。

昭一にも電話をしなければと、小さな電話帳を出して会社に電話した。

「あの、恐れ入りますが、そちらに大橋昭一さんはおいでてでしょうか。私大橋の従姉妹の小室佳美と申しますが」

相手は男性であった。

「少しお待ち下さい」

受話器を手で塞いだようで、大声で呼ぶ声がした。

「大橋です。ああ佳美か、横浜に来ているのか」

電話の向こうから走って来たような声がした。

「ええ、お兄ちゃん昨日電話くれたそうなのに留守にしていてご免なさい。今朝早くに病院から電話が有って、お母さんと会って来たところなの」

「そうか。今朝佳美に電話したら、昨日の女将が出て病院から電話が有ったから横浜に行きましたたって言ってたけど、お袋さんに会えたか」

「ええ、日向子も連れて来たので良かったわ」

昭一が小さな声になって、

「それがさ、大分前に病院から家に電話が有ったらしいんだけど、この頃お袋理解力とか記憶力が大分衰えててさ、大橋綾さんご存じですかって聞かれて、綾叔母さんを思い出せなくて、知りませんって言ったらしいんだよ。それで俺の会社を捜し当てて電話が来たんだ。

病状が大分悪いのでって言ってたし、佳美に偶然会った後だったから良かったよ。何だか誰かが逢わせてくれたのかな……それとも綾叔母さんの一念だったかな」

「そうね。旅館の電話番号、香織叔母さんには言ってあったんだけどね。忙しい時間に電話したからメモ無くしたのかもしれないわね」

「そうか。俺も病院から電話貰って見舞いに行こうかどうしようかと思っていたんだけど、子供の頃に会っただけだから、しばらくで記憶もないしな、気を遣わせるかと思って迷ってたんだ」

「そうね。主治医からもう長くはないから、会わせたい人が居たら今の内ですよって言われたけど、香織叔母さんに来てもらっても、母としては謝るだけじゃない。死の近い人に謝らせて人生を終わらせたくないのよ。

主治医の山下先生も母から若い頃からの事情を聞いたと言っていたから……お兄ちゃん

も病院に来なくて良いと思うわ。お母さん昔の事知っている人に会いたくないと思うから。ごめんなさいね。今日は日向子を連れて来ているので、一旦出雲崎に帰ってまた折り返し病院に来るつもりなの。お母さんと話が出来るのもあと数日のようだから」

「そんなに悪いのか」

受話器の向こうで昭一もびっくりしたようだった。

「肝臓癌から全身に転移し始めていると言われたわ」

「そうか、でも間に合って良かったな。また電話くれな。落ち込むなよ。じゃーな」

と言って電話が切れた。

席に戻ると日向子が待っていた。

後から注文した、チョコレートパフェとコーヒーが来た。チョコレートパフェを見た日向子は目を輝かして、

「デパートのより大きいね。バナナもこんなに載っている」

美味しそうに食べ始めた。

今さっき会って来た母の事を思うと可哀想になった。今自分は我が子とこうして一時《ひととき》でも幸せな時間を持っているけど、長い年月ただ幼い娘の写真を見て計り知れない淋しさと孤独感に耐えて暮らしてきたのかとその心情を改めて考えさせられた。

突然日向子が、

「ねえお母さん、日向子のお婆ちゃん、大きな袋に管が付いた注射をしてたけど、何で」

と怪訝そうな顔で聞いた。

「ああ、あれはね点滴といって、ご飯と同じような栄養になるお薬が入っていてね、お婆ちゃんはご飯が食べられないから、一日中お薬で栄養を取っているのよ」

と教えた。日向子は、

「そうなんだ。お婆ちゃん美味しい物食べられないのね。可哀想ね。痩せてたけど太ると良いね」

パフェの残りを底の方もきれいに平らげた。ふっと思い出したように、

「私ね、何時も光おばちゃんや亀岡のお婆ちゃん達に、日向ちゃんは切れ長なきれいな目をしているけど誰に似たのかしらね。お母さんとは全然似てないから、お父さんかしらって言われてたけど、今日日向子のお婆ちゃんに会ったら、私はお婆ちゃんの目に似たんだと思ったのよ。お母さんもそう思ったでしょ」

とにこにこ笑った。

「良かった。私はお婆ちゃんの目」

と言って自分の目を瞑って両手で撫でた。

佳美は日向子の仕草が可愛くて思わず笑った。

自分も母の顔を見た時、声を出しそうになる程日向子に似ていたのに驚いたのだから、口に出さなかったが日向子も気が付いたのだと血縁の深さを感じた。

桜木町の駅で長岡までの切符を買ってホームに上った時には初冬の陽は人影を長くしていた。桜木町発の電車が止まっていて席が空いていたので二人で腰掛けた。横浜駅に着い

た時、日向子は、

「お母さん電車がいっぱい走っているのね。ほら赤い電車でしょ。こっちはオレンジにミドリの電車、皆長いのね。あっちはえーと」

驚いた声を上げた、病院に行く時は佳美も不安な気持ちだったので多分日向子もあまり話し掛けなかったのかもしれない。

「そうね、電車がいっぱいね」

久し振りの横浜駅を見た。

「お母さん上の方にも電車が走っているわよ」

と指を差した。川崎に居た頃、日曜、休日には横浜のこのデパートのウェイトレスとして通っていたのを想い出していた。やがて川崎駅に電車が止まった。佳美は指を差して、

「あのクリーム色の電車が見えるでしょ。あれに乗って行った所にお母さんは住んでいたのよ」

話の半分くらいでもう電車はホームを離れた。少し走ると電車は長い鉄橋を渡り始めた。

「日向子、この川が多摩川っていうのよ。お母さんが住んでいたのはあっちの遠い方だけどね」

多摩川を渡る車窓から日向子に話した。赤い太陽が川面にきらきらとして沈むのを見ながら十一年の歳月の変わり様を感じていた。

あの婦人科の医師の言葉にこれからの行く末に悩み苦しんだことを想い出して、思わず日向子の手を握った。

電車が田町を通る頃、明るい照明がついている東京タワーが見え始めた。眠そうにしていた日向子が急に立ち上がって、

「ああ、きれいな電気がついているー」

とはしゃいだ声を出して嬉しそうにビルの間から見えなくなるまで見ていた。佳美の顔を見て、

「今度絶対にお母さんと上ろうね。約束ね」

とおねだりする声で言った。

「そうね。二人で行こうね」

小指を出して約束ゲンマンもした。

すっかり興奮して眠気も取れたらしく日向子は若い看護婦と見た海や大きな客船の話をしゃべり始めた。

上野に着いて新幹線のキップを買うと、出発まで間が少し有ったので駅弁を探した。日向子は初めての駅弁に大好きなコロッケの入ったのに決めた。弁当売場の隣に東京のお土産売場が有ったので、日向子は並べられたお菓子を見て、

「ねえ、じじちゃんとばばちゃんにお土産を買って行ってあげたい」

と言い出した。佳美も考えてみれば今日は、きっと光子に忙しい思いをさせただろうし、腰の痛い久代にも心配させたのに、自分の事で頭がいっぱいだったことに気が付き、日向子の言う通りに久代達と光子一家に日向子が選んだ人形焼きを買った。日向子が広子ちゃんにもと言うので、十個入りを買った。日向子が身を捩りながら、

「私も食べてみたいな」

と甘えるので五個入りを買ってあげた。日向子は満足そうに広子のと自分の袋を持ってさっさとホームの方に向かって行った。

ホームに上ると列車が入っていたので指定席を探して持っていた荷物を棚に載せて座った。日向子は買ってもらったジュースを早速飲んだ。佳美もやっと新潟に帰ることができると安心して駅弁と一緒に買ったお茶を飲みながら、本当は自分にとって住み慣れた場所のはずの川崎が今は何の未練が無い所になってしまっているのに気が付いた。新潟の出雲崎に早く帰りたいと思うのは、すっかり出雲崎の人間になっているのに今更ながら人と人の思い遣りの有る結び付きが、自分の心を安住の地にしたのだと思った。新幹線が上野を離れると日向子が疲れて眠くなる前に駅弁を出して食べ始めた。食事が終わると案の定、日向子は居眠りを始めた。佳美も荷物を整えて休もうとしたが、目を瞑ると、死んだと思い込まされてきた母に会えた事、主治医の山下医師からの思いもかけない話や幼い我が子の写真を枕の下に入れて寝ているという看護婦長の話等が走馬燈のように頭の中を駆け巡り眠ることは出来なかった。

母の病んで黒くつやを失ってしまった肌、痩せた手首等を思うと母の側にもう少し居てやりたかったと後悔しながらも、やはり日向子を家に帰らせなければと思う母としての心の方が強かった。でもあと数日の命と聞かされて、若い時の過ちにより、こんなに縁の薄い母と子なのだから、別れて数時間しか経っていないのに、一度帰ったら直ぐに母の側に居てあげたいと目頭が熱くなった。母は罪を犯した身で、服役後、子供と暮らす事は出来ないと思い詰めていたのだろうが、佳美にしてみればやはり母と一緒に暮らし、お互いに苦楽を共にしてでも日向子のように母に甘える生活がしたかったと思った。

日向子の寝顔を見ながら十年近く、長い時間二人で居たのは産婦人科に居た時以来と気が付いた。自分が知らない間に色々な事に気が付く子供に成長したのは、きっと久代達や亀岡家の皆のお陰と感謝の気持ちでいっぱいになった。さっきもお弁当を買って、土産等考えもしなかったのに、血の繋がりは無くても人を思い遣る心を持った人間にと成長しつつある我が子が眩しく見えた。

長岡が近くなった車内アナウンスに日向子を起こした。

「もう着いたの」

目を擦った。棚の荷物を降ろし、

「お土産忘れないでよ」

と注意してホームに降りてから、公衆電話を探して久代に電話した。

「今長岡に着きました」

「夕飯食べたの」

「はい。駅弁を食べましたから、これからタクシーで帰ります」

受話器を置いて、日向子の手を引いてタクシー乗り場に急いだ。

一日中都会の雑踏の中にいて、一日離れただけなのに、心がほどけるようにほっとした。

日向子が、

「今日はいっぱいタクシーに乗ったね。新幹線にも初めてだったし、疲れたね」

と言ってお土産を見て、

「ばばちゃん待ってるね」

と佳美に寄り掛かってきた。

旅館の前で降りると日向子は側《わき》に有る玄関まで走って行った。錠の開いていた玄関から大きな声で、

「ばばちゃんただいま」

と言って靴を急いで脱ぐのも慌ただしく居間に向かった。久代が急いで出て来て、

「お帰り、無事に帰って来たね」

笑みを浮かべて出て来て日向子を抱きしめた。

「ただいま帰りました」

佳美は玄関の錠を掛けてから、日向子が乱雑に脱いだ靴を揃えて上に上がった。

「疲れただろう。さあお座り」

久代は座布団を敷いた。まだ唐六も起きていて一日留守にしていた日向子を笑いながら目を細めて見ていた。

「急に留守にしましてすみませんでした。母にも会えましたし、日向子にも会わせることが出来ました。有り難うございました」

佳美が二人に挨拶をしている間に日向子は佳美の袋から人形焼きを出して卓袱台の上に載せて、

「これじじちゃんばばちゃんのお土産だよ」

と言った。久代は日向子の頭を撫でて、

「有り難うね。まあ浅草の人形焼きだね。

佳美さんもお母さんに会ったり今日は大変だったのにお土産なんか買って来なくてもよかったのに」

と言われ、

「いえ、お土産を買って帰ると言ったのは日向子ですよ。私はそこまで頭が回らなくて」

と謝った。

「そりゃそうだよね。日向子有り難うね。婆《ばば》ちゃん久し振りに人形焼き食べるわ」

お土産を押し頂いて、

「疲れているから、もうお風呂に入って寝なさい。話はまた明日ということにしてさ」

久代が気を遣ってくれたが、佳美は、

「もう大分遅いけど、ちょっと亀岡さんにお土産持って行ってきます。私が留守の間光子さんにも忙しい思いさせたでしょうから、今帰った事も知らせたいし。

日向子は一人でお風呂に入りなさいよ。お風呂の錠掛けてね。お母さん光子おばちゃんの所に行って直ぐに帰るから」

日向子は頷いて、

「そうだ、これもばばちゃん達のお土産よ」

自分の袋から例の若い看護婦さんから貰った飴やお菓子の入った紙袋を出して、久代の膝の上に載せた。

「まあ何だろうね」

久代が袋の中を覗いた。

「お母さんがお医者さんとお話をしている時にね、若いお姉さんと屋上で大きな船を見たりして遊んでた時に貰ったの。ばばちゃんと明日食べようと思って食べないで持って帰ってきたのよ。明日食べようね」

と言って久代が驚いている間に佳美の荷物も持って二階に上って行った。

佳美は新幹線の中で戴いたお菓子を食べなかった理由が初めて分かった。久代は佳美の顔を見て嬉しそうに微笑んだ。

佳美は急いで亀岡の家に行った。達子が出て来たので、

「急に留守にしてすみませんとお母さん言っておいて下さいね。これお土産よ」

達子が光子を呼ぼうとしたので、帰った事だけ伝えてくれるようにと言付けて帰った。

久代が玄関で待っていた。

「ねえ、日向子にはお母さんの事何て説明したの。死んだ人が生きてたなんて、光ちゃんも私に聞いていたから、急な事で詳しい事は分からないけど病院に入院していると電話があって、佳美さんも訳がよく分からないまま急いで行ったから、帰ったら事情を聞くから、

と言ってあるけど、子供は聞いた通り人に話すだろうから、日向子に説明した事を疲れてるだろうけど聞かしてね。口裏合わせないとね」

と小声で言った。

佳美もその通りだと思った。天真爛漫な日向子だから亀岡に行っても話すだろうしと思い、お風呂から出た日向子を二階に連れて行って眠りにつくのを見て再び居間に戻った。もう唐六は寝たのか居間には居なかった。久代は自分と佳美の湯呑みに薄いお茶をついで待っていてくれた。

「疲れているだろうにね。だけど明日の朝光ちゃんに早目に来てと頼んだので、今しか話が出来ないんだよ」

と一口お茶を飲んだ。

「それでお母さんどうだったの」

と小声で聞いた。佳美は母の様子をそのまま話した。母が肝臓癌からもう全身に転移して長くはないということや、先の無い事が分かって、母が遺言書を書きたいと主治医が頼まれて、病院の弁護士の手配で公証人役場から来てもらって遺言書を公正証書にしてあって母の分を一部自分が預かって来たことも。

母はあと持って十日、早いと二、三日だろうと言われた話もした。久代は涙を流して聞いていた。

「母が私のお宮参りの写真と、七五三の時の三歳のお祝いの写真を肌身離さず持っていたそうで、二、三日前から床から起き上がれなくなって、写真をなくすといけないので、中島婦長に引き出しに入れて欲しいと預けたらしいんです。大分目も霞んでるようで、でも写真は母の枕元に置いてやって下さいとお願いしてきました。その方が良いと思いまして」

話をしていても佳美はもう涙が出なかった。死にかけている母を最期だけでも娘として優しく送りたいと思ったからだ。

久代は泣きながら、

「そうだね。娘が泣いたらお母さんどうしたら良いか分からないからね。幸せに暮らしているのを見届けて死にたいと思うよ。日向子が新潟で一緒に暮らそうなんて言ったら、お母さんきっと嬉しかったと思うよ。初めて見る孫にそんな優しい事言われたら、泣けるよ」

とまた泣いた。

「日向子を連れて行って良かったね」

久代は一人で頷いて涙を拭いた。それから死んだと言っていたお母さんのことを日向子にどう説明したかと聞いた。列車の中で日向子に話した通りを久代に伝えた。

「そうなの。言葉を選ぶね。日向子が納得したなら光ちゃんにもそのように話そうね。光ちゃんや亀岡の人達は人の家の詮索するような人達じゃあないしね。加津子さん達は貴女のお母さんの話は知らない人達だから。

分かった。明日はお客様の朝の挨拶は光ちゃんに頼んであるから、ゆっくり起きて来なさいね。あまり考えると眠れなくなるからさ」

久代はおやすみを言って立った。佳美も、

「じゃあ、おやすみなさい」

と言って二人の湯呑みを洗ってからお風呂に入った。

二階に上ると写真の前に人形焼きが置いてあるのを見て、佳美はギョッとした。明るく振る舞っている日向子も、父親の居ない寂しさを隠しているのだと気が付いた。


朝何時もの時間に目が覚めた。まだ日向子は眠っていたので音を立てないように身支度をして下りて行った。もう光子が来ていた。

「お早うございます。昨日は迷惑掛けてごめんなさいね。忙しかったでしょう」

光子の顔を見て軽く挨拶をした。

「お早う。昨夜はお土産有り難うね。

さっき女将さんからお母さんの事聞いたわよ。驚いたね。まあ三十年も前のあの頃は肺病多かったものね。子供には直ぐ移るしね。

でも何年も入院していて、おまけに籍まで抜かれるなんて、そりゃあ母さんも良くなる病気も悪くなるよね。具合が悪けりゃあそのまま施設に居るしかないしね。淋しかっただろうよ。気の毒だね。でも会えて良かった。日向ちゃんも見せてあげられて、お母さん嬉しかっただろうよ。もう少し近いと毎日行ってあげられるのにさ、気を落とさないようにね。家はこの頃淳子が来て婆ちゃんの手伝いしてくれたり、子供達も手が掛からなくなったから、私が此処に来てても大丈夫だしさ。パートの人達ももう大分なれたし、本当に良い人達でよかったよ。昨日佳美さんが急に出掛けたら、『ぼたん』がね、明後日から旦那が定年になるから同じ学校の定年者三人で沖縄に十日間旅行に行くから、暫くは午前でも午後でも仕事が出来ると言ってくれたりさ。皆で仕事が出来る日を書き出して、仕事の遣り繰りしようって話してたよ。都合の悪い日も白板の下に書いておく事にしたいみたいよ。加津子さんがそれで遣り繰りすると言ってたから」

一人で納得したように梅茶を運んで行った。

午前の部のぼたんと蛍も佳美を見て、

「大変でしたね」

と労ってくれた。佳美は、久代の気配りのおかげで、何事もなかったことを確認するとホッとした。

時間が来たので日向子を起こしに二階に行くと、もう一人で布団を上げて学校に行く支度をしていた。

「もう起きたの」

少し早いので聞くと、

「お早う。今朝は広子ちゃんの家にお土産を持って行ってあげてね。二人で学校に行こうと思っているのよ」

もうランドセルと袋を持って先に下りて行った。忙しさにかまけて、自分の子供の成長に気が付かなかったことに、一人置いてけぼりにされたような気がした。慌てて居間に行くともう日向子は久代と朝食を食べていた。何かこの間までの子供っぽい日向子とは違う、大人びた姿に見えた。

出雲崎は日に日に冬に近づいている気配がして、時折強い寒風が吹くようになってきた。母の病状の事を思うと何時電話が掛かって来るか分からないので、旅館の帳簿等も久代や光子が見ても分かるように机の周りを片付け、メモしておく事とか他にしておかなければならない事柄は早めに相手に電話等して忙しく働いていた。東京から帰ってからの日向子はまるで人が変わったみたいに自分の事は佳美や久代に言われる前にするようになった。

一日も早く母の側に行こうと思いながら、東京から帰ってもう四日も経ってしまった。日向子が心配していた風呂場の手摺りも、亀岡の淳吉が早急に付けてくれたし、光子も加津子も旅館の事は大丈夫と言ってくれているが、今度横浜に行けばおそらく一日や二日では帰れないと思うと、女将としての仕事の責任上久代に頼まなければならないし、心が落ち着かなかったが、毎朝石川病院の中島婦長に電話を掛けて、綾の容態を聞いた。

母と電話でも良いから話がしたかったがその願いも叶わない程弱ってきている様子だった。明朝には横浜に行く事にした。

朝、小百合とさつきが来た。

「お早うございます。お母さんの具合はどうでしょうか」

小百合が前掛けをしながら帳場に入って来た。

「心配かけますね。有り難う。どうもあまり具合が良くないようなので今日仕事が一段落したら、横浜に行こうと思っているんですよ」

さつきも入って来て、

「今朝は加津子さんが早番だそうですから大丈夫ですよ。加津子さん未だにトイレの便座を上げて見たり、掃除のチェックが厳しいから、安心して下さいね」

肩を竦《すく》めて笑った。

「話してないで仕事、仕事」

とさつきが客室に行った。小百合も行きかけたのを佳美は、

「暫く留守にすると思うけど宜しくね」

と声を掛けた。

「大丈夫ですよ。さつきちゃんあんな事言ってるけど、皆仕事はしっかりやってますから。でも、女将さんお体に気を付けて行って来て下さいね」

小百合は軽く頭を下げて客室に向かった。

七時過ぎ頃に加津子が来て、パートの人達と客室に朝食を持って行く準備をしに厨房に向かった。佳美は帳場で名簿に印を押していると電話が鳴った。佳美は不安な気持ちで受話器を取った。やはり石川病院からだった。

「ああ、小室さんですね。中島です。大橋さんの容態が少し悪いので直ぐ来て頂けますか。今はまだお話が分かるようですが、血圧が大分下がっていますし、ではお待ちしております」

と電話が切れた。佳美は急いで居間に居た久代に病院から電話が有ったことを話した。

「まあ、そりゃ大変だ。急いで仕度しなさいよ。お母さんあんたを待っているだろうから、大丈夫だと思うけど早く顔を見せてあげなさい。今度は日向子は置いて行ったほうがいいだろうから、学校には電話しないで帰ったら私から話をするから心配しないで」

佳美は急いで二階に上る背中から久代が話をした。佳美は今日午後一番で横浜に行こうと思っていたのでもう仕度は出来ていた。洋服に着替えると直ぐ下に降りた。久代がタクシーを呼んでくれていた。久代が出しておいてくれた靴を履いてタクシーに乗ろうとすると久代が封筒を出した。

「今度はどうなるか分からないから、こっちの事は心配しないでいいから。まだ言う事じゃないけど、お母さん連れて帰るのよ。娘の貴女の側に、ずっと居たいだろうからね。分かったね」

無理矢理お金の入った封筒を袋にねじ込んだ。佳美は長岡までタクシーを飛ばし新幹線に乗った。どうぞもう一度お母さんと話をさせて下さいと祈りながら、身は列車に委《ゆだ》ねながら心だけは母の元に急いでいた。

一時頃に石川病院に着いた。以前来ていたので総合受付に寄らずに真っ直ぐ東病棟のエレベーターに乗った。ガラスの扉まで着いて中に入るとナースステーションに中島婦長が

座っていて、

「小室です。遅くなりまして、お電話有り難うございました」

声を掛けると、婦長は振り向いて急ぎ足で近寄って来た。緊張した面持ちで、

「どうぞこちらに」

と先に立って小さな面会室の扉を開けて中に入るように促した。

佳美は綾の病室に急いで行きたいと思っていたのに、一瞬もう間に合わなかったかと婦長の顔を凝視した。婦長は佳美の顔が強ばっているのを見て、

「まだ大丈夫ですよ」

と静かに口を開いた。

「実は病室に入る前にお話をしておいた方が良いと思いましてね。今朝がたから心臓に不整脈が大分出るようになりまして、血圧も下がっていますし、尿もあまり出なくなってますので、声を掛けても目も開けられませんし、もうお話をなさっても聴こえないと思います。

ただ大橋さんは心臓が丈夫な方ですので、今まで持ったのだと思うと主治医の山下先生がおっしゃっています。本当に御身内の方にお知らせしなくても良いのですか」

と聞かれた。

佳美はもう話をする事が出来ないことを聞かされて急に立っていられない程の脱力感に襲われた。

「以前母がお話をしたと思いますが、自分の過去の過ちで身内に迷惑を掛けていると思っております。ただ一人小田原に嫁ぎました母の妹も私の勘ですが、結婚相手には姉は死んだことになっているように思われますので、母も会うことを望んでないと思いますので、私一人で静かに送ってあげたいと思います」

佳美の話に中島婦長も頷いて、佳美の肩をそっと叩いて、

「その方が良いかも知れませんね」

と言ってドアを開けてくれた。

個室に入るとベッドの上の母は心電図や血圧が分かる機械につながれており、口に酸素

マスクをし、点滴をしていた。

五日前に会った時には点滴はしていたもののベッドも少し起こして、細い声であっても会話が出来、微かな笑みもしていたのにと、責任の有る立場である仕事をしていたとしても、もっと早く母の元に来なかった自分に取り返しのつかない愚かしさを思い知った。

荷物を近くのテーブルに静かに置いて母の傍らの椅子に腰掛けた。母の切れ長な目は瞑ったままだったが、時々泳ぐように瞼が動いた。看護婦が点滴の様子を見に来て、佳美を見ると軽く会釈をして、血圧等の出ている機械の側に掛けてあるカードに記録をして出て行った。

中島婦長が入って来て、

「小室さん、お昼を召し上がりましたか。顔色が悪いですよ」

と言ってくれた。

佳美は母が心配で、すっかり昼食を食べる事等忘れていたし、空腹感も無かった。

「二階に食堂も有るんですが、二時には閉まるんですよ。でも隣に売店が有りますから何か買って来られて召し上がらないといけませんよ。お母様の容態はナースステーションの方でも分かるようになってますし、まだ大丈夫ですから」

帰りかけた婦長が戻って来て、

「ナースステーションのカウンターの側には熱い麦茶と白湯のポットが有りますし、湯呑み茶碗も用意して有りますからお使い下さいね」

親切に教えてくれた。

佳美はもし母が目を開けて自分に話し掛けるような奇跡が起きないかと思うと一時も離れたくなかった。母の顔をじっと見ながら、ふっと先日日向子が話をしていた、

「ばばちゃんの肩に大きな傷跡が有るよ」

と言った言葉と、昭一に会った時に、

「綾叔母さん、旦那を刺してその後一緒に来た女の人が逃げる後ろから切り付けたけど、帯が有ったので肩からすこし下まで切ったらしいよ」

と言っていた事が妙に頭の隅から離れなかった。悲鳴を聞いた隣の人が三十五、六歳く

らいの背の低い女の人だったと言っていたのも、まさかと否定しながらも、久代が以前大森の料亭で仲居をしていた話や、何人かの男性の世話になったと話をしていたことを思い出し、その時は唯の身の上話と聞いていたが、多分偶然似たような事ではないかと打ち消していた。

今、母の顔をじっと見ていると若い時に嫉妬からノイローゼになって、前後の見境も無く犯した過ちが、母の身の上もまた私自身の人生の歯車も大きく狂わせ、幼い時から自分で自分を庇《かば》うことが生きる術《すべ》だったことで、人を愛する余裕がない女になっていた。野辺の事は絶対に人に知られてはならない汚点だが、思い掛けなく日向子を授かってからは、ただ一人愛し守らなければならない子供が出来、それも雪乃旅館の久代の元にたどり着いたので、今日まで日向子と難もなく暮らしていることを思うと、万が一にも疑惑が事実であっても、どうして久代を恨んで良いのだろうか。この二つの家族が幸せに暮らしているのをどんな理由が有ったとしても、日向子の幸せを壊すことは出来ないと思った。出雲崎を出る時、タクシーに乗り掛けた私に、

「お母さんを連れて来るんだよ」

と言っていたが、頭の隅に疑いが有るとするなら、やはり母の遺言書に書かれている通りに、母綾は父母や兄達が眠っている日吉のお墓に葬るのが、不幸を背負って生きて来た母のやすらぎの終着点なのだろうと、もう言葉を発することの出来ない母と会話した。

若い看護婦が入って来て、

「大分暗くなってきましたね」

ほの暗い灯りを点けた。佳美は我に返り、

「ちょっと売店に行って来ます」

と声を掛けて二階の売店に行ってみた。大した物も売ってないので、夜食も考えて菓子パン三個と牛乳と缶コーヒーを買った。

売店の女性が、

「朝十時半頃にはサンドイッチやおにぎりも来るんですよ」

と言ってくれた。売店を出ると横に公衆電話が有った。母が危篤なことを誰にも話さなかったということも、後から香織との痼りになるのも煩わしいので、昭一は今の時間ならまだ会社に居るだろうと思い、テレホンカードを差し込んだ。案の定直に昭一が出た。

「もしもし佳美です」

「ああ、佳美か。病院」

と聞かれた。

「そう、母が危篤なの。この間も話したように香織叔母さんに、電話してないけど」

「そうか。綾叔母さん意識有るの」

急に畳み込むように言った。

「私が病院に来た時から意識が無いの。先生が言われるには心臓が丈夫だから持っているそうなの」

佳美は少し涙声になった。

電話の向こうの昭一は黙っていた。

「お兄ちゃん、私一人でお母さんを見送りたいの。お母さん皆に迷惑かけたと思っているから、最期は私一人の方が気楽だと思うのよ。もう意識が無いから皆が来ても分からないと思うけどね」

昭一はやっと、

「そうだな、俺も綾叔母さんが意識が有ったら何て挨拶したら良いか分からないものな。でも佳美一人じゃあ淋しすぎるよ。間に合うかどうか分からないけど。俺もうすこしで会社出れるから病院へ行くよ。俺は病室の隅にでも居るからな。病院から香織叔母さんに電話するから、心配するな」

佳美は自分の考えが良いのか悪いのか分からない状態になっていたが昭一の言葉に従うことにした。

「まだ先の事だけど」

佳美は大きく息をして、

「葬儀といっても身内だけでしてあげたいから、その時も来てくれる」

「勿論だよ」

「日吉のお墓に入れてあげたいけど、お兄ちゃんいいかしら」

「ああ、俺が全部してあげるから心配するなよ。病室は東病棟三階だよな。それより早く綾叔母さんの側に行ってあげなさい」

と電話を切られた。

佳美は昭一に頼ることが出来て少し心の重荷が下りたような気がした。今まで人に頼ることを拒んできたのは自分自身の心だったのではないのかと、昭一の言葉に涙が出るほど嬉しかった。

病室に戻ると薄明かりの中で、ベッドから少し離れたソファーに腰掛けて菓子パンの袋を静かに開けて牛乳と一緒にまるで自分の命を繋ぐためだけのように流し込んだ。薄明かりの中で今までどのような暮らしをしてきたのだろうかと母の顔をまじまじと見た。まだ六十歳にもならない顔には皺が深く刻み込まれ、その辛かった人生を物語っているようだ。ただ痩せただけでもなく、病気のせいでもないと思われるがさついた手を両手で挟んでみた。祖母フエから、

「お前のお母さんの綾は色が白い美人だったよ」

と度々聞かされていた。病気の為にすっかり顔も手も黒く乾いてしまっているけど、きっと色の白い美しい人だったのだろうが、一人の男を愛しすぎて過ちを犯してしまったことを一生背負って世の中の裏で生きて来た苦しみの顔なのかもしれないと思った。

初冬の日が暮れるのは早く病室の薄暗い灯りの下で、長い年月離ればなれに生きてきた母と子が初めて寄り添う夜だった。

東向きの病室の窓に皓々とした月が昇って来た。佳美はその美しい月を見て今日は満月なんだと思った。雲一つ無い深いブルーの空に月が輝いている。佳美は子供の頃、何回も母が月に行く夢を見ていたことを思い出した。

急に綾が目を開けた。はっきりと一点を見るようでもない虚ろな目に佳美はびっくりしたが、やがてその目はゆっくりと閉じられた。

薄暗い病室に月の光が差し込んできた。婦長さんが言っていたように、もう母には自分の声は聞こえないのかもしれないが、目の前に横たわる苦労の果てに今人生を終えようとしている母に声を掛けたい衝動にかられた。

その痩せた手に自分の手を重ねて、母の耳元に口を付けるようにして小さな声で、

「お母さん苦しい人生だったわね。日吉に帰ろうね」

と重ねた手を握った。思い做か指がかすかに動いたような気がして、思わず母を凝視した。月の光に照らされた母の目尻に一筋の涙が流れたのを見た。

病室の窓近くの桜の葉が影絵のように音も無くはらはらと散っていった。

廊下を病室に向かって走り寄る数人の足音がした。

終

谷　玲子（たに　れいこ）
神奈川県川崎市生まれ。昭和30年、鶴見女子高等学校卒業。自宅にて40年余り茶道教室を開くなど表千家の茶道教授として活動。

満月の暗闇

2018年３月16日　初版第１刷発行

著　者　谷　玲子
発行者　中田典昭
発行所　東京図書出版
発売元　株式会社 リフレ出版
〒113-0021　東京都文京区本駒込 3-10-4
電話 (03)3823-9171　FAX 0120-41-8080
印　刷　株式会社 ブレイン

ISBN978-4-86641-114-9 C0093
Printed in Japan 2018
落丁・乱丁はお取替えいたします。

ご意見、ご感想をお寄せ下さい。

［宛先］〒113-0021　東京都文京区本駒込 3-10-4
東京図書出版